"一带一路"沿线国家经典诗歌文库

（第一辑）

主编　赵振江

副主编　蒋朗朗　宁琦　张陵

泰国诗选

熊燃　裴晓睿　编译

作家出版社

译者裴晓睿

裴晓睿

一九四七年出生。

历任北京大学外国语学院教授、博士生导师、泰国研究所所长、东南亚研究所所长、中国非通用语教学研究会泰语分会会长、北京大学诗琳通泰学讲席教授。

著有《泰语语法》《印度的罗摩故事与东南亚文学》（合著）《新汉泰词典》《〈帕罗赋〉翻译与研究》（合译/著）等。

获得泰国第六届素林塔拉查优秀翻译家奖、中国外语非通用语教育终身成就奖，以及北京大学第九届人文社会科学研究优秀成果一等奖、中国教育部高等学校科学研究优秀成果奖、中国外语非通用语优秀学术成果奖等多种奖项。

译者熊燃

熊燃

一九八四年出生。

二〇〇二年进入北京大学泰语专业学习，二〇一三年博士毕业后留校。

现任北京大学外国语学院东南亚系讲师。

二〇一〇年获教育部博士研究生学术新人奖。

二〇一五年获姚楠翻译奖（三等奖）。

著有《〈帕罗赋〉翻译与研究》（合著），参撰《当代外国文学纪事（泰国卷）》《泰国文化艺术》《外国戏剧鉴赏辞典（古代卷）》等。目前正进行的科研课题有"东南亚现当代文学翻译与研究""古代东方文学插图本史料集成及其研究"等。

目　录

现当代部分

总　序

二〇一三年秋，习近平主席先后提出建设"丝绸之路经济带"和"二十一世纪海上丝绸之路"（简称"一带一路"）的倡议。"一带一路"一经提出，便在国外引起强烈反响，受到沿线绝大多数国家的热烈欢迎。如今，它已经成了我们在政治、经济和文化生活中最具活力的词汇。"一带一路"早已不是单纯的地理和经贸概念，而是沿线各国人民继往开来、求同存异、构建人类命运共同体的幸福路、光明路。正如一首题为《路的呼唤》[1]的歌中所唱的：

> ……
>
> 有一条路在呼唤
>
> 带着心穿越万水千山
>
> 千丝万缕一脉相传
>
> 注定了你我相见的今天
>
> 这一条路在呼唤
>
> 每颗心都是远洋的船
>
> 梦早已把船舱装满
>
> 爱是我们共同的家园
>
> ……

习主席关于构建人类"政治互信、经济融合、文化包容的利益共同体、命运共同体和责任共同体"的主张是人心所向，众望所归。联合国将"构

---

[1] 《路的呼唤》：中央电视台特别节目《一带一路》主题曲，梁芒作词，孟文豪谱曲，韩磊演唱。

建人类命运共同体"写入大会决议，来自一百三十多个国家的约一千五百名贵宾出席二〇一七年五月十四日在北京举行的"一带一路"国际合作高峰论坛，就是最有力的证明。

在国与国之间，政治互信、经济融合、文化包容的基础在民心，而民心相通的前提是相互了解和信任。正是出于这样的理念，我们决定编选、翻译和出版这套"'一带一路'沿线国家经典诗歌文库"，因为诗歌是"言志"和"抒情"最直接、最生动、最具活力的文学形式，诗歌最能反映大众心理、时代气息和社会风貌。"'一带一路'沿线国家经典诗歌文库"是加强沿线各国人民之间相互了解和信任的桥梁。

"'一带一路'沿线国家经典诗歌文库"的创意最初是由作家出版社前总编辑张陵和中国诗歌学会会长骆英在北京大学诗歌研究院院会提出的。他们的创意立即得到了谢冕院长和该院研究员们的一致赞同。但令人遗憾的是，在本校的研究员中只有在下一人是外语系（西班牙语）出身，因此，他们就不约而同地把这套书的主编安在了我的头上。殊不知在传统的"一带一路"沿线国家中，没有一个是讲西班牙语的。可人家说："一带一路"是开放的，当年"海上丝绸之路"到了菲律宾，大帆船贸易不就是通过马尼拉到了墨西哥吗？再说，巴西、智利、阿根廷三国的总统不是都来参加"一带一路"国际合作高峰论坛了吗？怎么能说"一带一路"和西班牙语国家没关系呢？我无言以对。

古丝绸之路是指张骞（前一六四年至前一一四年）出使西域时开辟的东起长安，经中亚、西亚诸国，西到罗马的通商之路。二〇一三年九月七日，习近平主席在哈萨克斯坦纳扎尔巴耶夫大学演讲时，提出共建"丝绸之路经济带"的主张，赋予了这条通衢古道以全新的含义，使欧亚各国的经济联系更加紧密、相互合作更加深入、发展空间更加广阔，从而造福沿途各国人民。至于古老的"海上丝绸之路"，自秦汉时期开通以来，一直是沟通东西方经济和文化交流的重要渠道，尤其是东南亚地区，自古就是"海上丝绸之路"的重要枢纽。习主席建设"二十一世纪海上丝绸之路"的构想使其在新的历史起点上，有了更加重要而又深远的意义。

"一带一路"沿线国家主要包括西亚十八国（伊朗、伊拉克、格鲁吉亚、亚美尼亚、阿塞拜疆、土耳其、叙利亚、约旦、以色列、巴勒斯坦、沙特阿拉伯、巴林、卡塔尔、也门、阿曼、阿拉伯联合酋长国、科威特、黎巴嫩），中亚六国（哈萨克斯坦、土库曼斯坦、吉尔吉斯斯坦、乌兹别克斯坦、塔吉克斯坦、阿富汗），南亚八国（尼泊尔、不丹、印度、巴基斯坦、孟加拉国、斯里兰卡、马尔代夫、阿富汗），东南亚十一国（印度尼西亚、马来西亚、菲律宾、新加坡、泰国、文莱、越南、老挝、缅甸、柬埔寨、东帝汶），中东欧十六国（阿尔巴尼亚、波斯尼亚和黑塞哥维那、保加利亚、克罗地亚、捷克、爱沙尼亚、匈牙利、拉脱维亚、立陶宛、马其顿、黑山、罗马尼亚、波兰、塞尔维亚、斯洛伐克、斯洛文尼亚）。独联体四国（俄罗斯、白俄罗斯、乌克兰、摩尔多瓦），再加上蒙古和埃及等。

从上述名单中不难看出，"一带一路"沿线国家多为文明古国，在历史上创造了形态不同、风格各异的灿烂文化，是人类文明宝库重要的组成部分。诗歌是文学的桂冠，是文学之魂。文明古国大都有其丰厚的诗歌资源，尤其是经典诗歌，凝聚着国家和民族的精神和理想。各国之间的文化交流与经贸往来，既相互交融又相互促进，可以深化区域合作，实现共同发展，使优秀文化共享成为相关国家互利共赢的有力支撑，从而为实现习主席构建人类命运共同体的伟大目标打下坚实的文化基础。

"一带一路"沿线国家多是发展中国家。长期以来，我们一直比较重视对欧美发达国家诗歌的译介，在"经济一体、文化多元"的今天，正好利用这难得的契机，将这些"被边缘化"国家的传统文化和民族精神纳入"一带一路"的建设，充分发掘它们深厚的文化底蕴，让它们的古老文明在当代世界发挥积极作用，使"文库"成为具有亲和力和感召力的文化桥梁。

"一带一路"沿线国家又多是中小国家。它们的语言多是非通用的"小语种"，我国在这方面的人才储备相对稀缺，学科建设相对薄弱；长期以来，对这些国家的文学作品缺乏系统性的译介和研究。从这个意义上说，"文库"的出版具有填补空白的性质，不仅能使我们了解这些国家的诗歌，也使相关的学科建设和学术研究有了新的生长点。

"'一带一路'沿线国家经典诗歌文库"的现实意义和深远影响已经很清楚了，但同样清楚的是其编选和翻译的难度。其难点有三：一是规模庞大，每个国家一卷，也要六十多卷，有的国家，如俄罗斯、印度，还不止一卷；二是情况不明，对其中某些国家的诗歌不是一无所知也是知之甚少，国内几乎从未译介过，如尼泊尔、文莱、斯里兰卡等国；三是语言繁多，有些只能借助英语或其他通用语言。然而困难再多，编委会也不能降低标准：一是尽可能从原文直接翻译，二是力争完整地呈现一个国家或地区整体的诗歌面貌。

总之，"文库"的规模是宏大的，任务是艰巨的，标准是严格的。如何完成？有信心吗？答案是肯定的。信心从何而来呢？我们有译者队伍和编辑力量做保证。

"'一带一路'沿线国家经典诗歌文库"的编译出版由北京大学外国语学院和中国作家出版社联袂承担，可谓珠联璧合，阵容强大。

北京大学外国语学院是国内外国语言文学界人才荟萃之地，文学翻译和研究的传统源远流长。北大外院的前身可以追溯到京师同文馆（一八六二年）和京师大学堂（一八九八年）。一九一九年北京大学废门改系，在十三个系中，外国文学系有三个，即英国文学系、法国文学系、德国文学系。一九二〇年，俄国文学系成立。一九二四年，北京大学又设东方文学系（其实只有日文专业）。新中国成立后，东语系发展迅速，教师和学生人数都有大幅度增长。一九四九年六月，南京东方语言专科学校和中央大学边政学系的教师并入东语系。到一九五二年京津高校院系调整前，东语系已有十二个招生语种、五十名教师、大约五百名在校学生，成为北大最大的系。

一九五二年院系调整时，重新组建西方语言文学系、俄罗斯语言文学系和东方语言文学系。其中西方语言文学系包括英、德、法三个语种，共有教师九十五人，分别来自北大、清华、燕大、辅仁、师大等高校（一九六〇年又增设西班牙语专业）；俄罗斯语言文学系共有教师二十二人，分别来自北大、清华、燕大等高校；东方语言文学系则将原有的西藏语、维吾尔语、西南少数民族语文调整到中央民族学院，保留蒙、朝、日、越、暹罗、印尼、缅甸、印地、阿拉伯等语言，共有教师四十二人。

北京大学外国语学院于一九九九年六月由英语系、西语系、俄语系和东语系组建而成，下设十五个系所，包括英语、俄语、法语、德语、西班牙语、葡萄牙语、日语、阿拉伯语、蒙古语、朝鲜语、越南语、泰国语、缅甸语、印尼语、菲律宾语、印地语、梵巴语、乌尔都语、波斯语、希伯来语等二十个招生语种。除招生语种外，学院还拥有近四十种用于教学和研究的语言资源，如意大利语、马来语、孟加拉语、土耳其语、豪萨语、斯瓦西里语、伊博语、阿姆哈拉语、乌克兰语、亚美尼亚语、格鲁吉亚语、阿塞拜疆语等现代语言，拉丁语、阿卡德语、阿拉米语、古冰岛语、古叙利亚语、圣经希伯来语、中古波斯语（巴列维语）、苏美尔语、赫梯语、吐火罗语、于阗语、古俄语等古代语言，藏语、蒙语、满语等少数民族及跨境语言。学院设有一个一级学科博士点、十个二级学科博士点和一个博士后流动站，为北京市唯一外国语言文学重点一级学科。学院师资力量雄厚：全院共有教师二百一十二名，其中教授六十名、副教授八十九名、助理教授十六名、讲师四十七名，拥有博士学位的教师一百六十三人，占教师总数的百分之七十七。

从以上的介绍不难看出，北京大学外国语学院的语言教学和科研涵盖了"一带一路"的大部分国家，拥有一批卓有成就的资深翻译家和崭露头角的青年才俊，能胜任"文库"的大部分翻译工作。至于一些北大没有的"小语种"国家，如某些中东欧国家，我们邀请了高兴（罗马尼亚语）、陈九瑛（保加利亚语）、林洪亮（波兰语）、冯植生（匈牙利语）、郑恩波（阿尔巴尼亚语）等多名社科院外文所和兄弟院校的专家承担了相应的翻译工作，在此谨对他们表示诚挚的敬意和衷心的感谢。

有好的翻译，还要有好的编辑。承担"'一带一路'沿线国家经典诗歌文库"编辑出版任务的作家出版社是国家级大型文学出版社，建社六十多年来出版了大量高品质的文学作品，积累了宝贵的资源和丰富的经验。尤其要指出的是，社领导对"文库"高度重视，总编辑黄宾堂、前总编辑张陵、资深编审张懿翎自始至终亲自参与了所有关于"文库"的工作会议，和北大诗歌研究院、北大外国语学院的领导一起，精心策划，全力以赴，保证了"文库"顺利面世。

最后还要说明的是，"'一带一路'沿线国家经典诗歌文库"得到了北大校领导的大力支持。"文库"第一批图书的出版恰逢北京大学建校一百二十周年（一八九八年至二〇一八年），编委会提出将这套图书作为对校庆的献礼。校领导欣然接受了编委会的建议，并在各方面给予了大力支持，校党委宣传部部长蒋朗朗同志从始至终参与了"文库"的策划和领导工作。至于北京大学外国语学院的领导更是责无旁贷地承担了全部翻译工作的设计、组织和落实。没有他们无私忘我、认真负责的担当，完成这样艰巨的任务是不可能的。

"'一带一路'沿线国家经典诗歌文库"第一批诗作即将出版，这只是第一步，更艰巨的工作还在后头；更何况随着时间的推移，"一带一路"的外延会进一步扩展，"文库"的工作量和难度也会越来越大。但无论如何，有了这样的积累，我们完全有理由相信，"'一带一路'沿线国家经典诗歌文库"会越来越好。为了实现这样的目标，我们期待着领导、业内同仁和广大读者的批评指教。

赵振江

二〇一七年秋于北京大学蓝旗营寓所

前　言

　　诗歌是任何一个民族都不可能缺少的古老艺术。它的起源可以上溯到文明社会之初，甚至更早。至今在一些原始部落里，还可以看到人们有力地打击着节拍、口中念唱着有规律的音节、或舞或蹈的画面。《毛诗大序》有言："诗者，志之所之也，在心为志，发言为诗。情动于中而形于言，言之不足，故嗟叹之；嗟叹之不足，故咏歌之；咏歌之不足，不知手之舞之，足之蹈之也。"格罗塞说："一切诗歌都是从感情出发，也诉之于感情，其创造与感应的神秘，也就在于此"；"诗的重要性，在狩猎民族的意识里早已存在了"[1]。

　　可见，人类的情感既促发了诗的冲动，又赋予诗以精神内核。民族的语言则将这种内在冲动外化为诗的实形，使精神具有了可听、可感、可思、可传的承载实体。诗歌，是一个民族精神世界的高度浓缩，也是联结先辈与后代情感的重要媒介。

一、早期口头诗歌的发展

　　泰国所在的中南半岛自古是一个多民族杂居的地区，从公元前一世纪左右开始，就陆续兴起了一些印度化的国家或文明中心。公元六世纪左右，在泰国湄南河流域一带兴起了孟人的文明中心堕罗钵底，信奉小乘佛教。公元七世纪，一位叫占玛黛薇的孟人公主率领大批僧侣、学士、工匠、艺人、医师、星相师、建筑师等从湄南河的华富里地区向北迁徙到了今天的南奔一带，并建立了泰国北部的孟族文明中心——哈里奔猜。孟族

1　【德】格罗塞著：《艺术的起源》，蔡慕晖译，北京：商务印书馆，二〇〇八年，第一七五页。

文明衰落后，哈里奔猜国于公元十三世纪成为北部泰人王国——兰那国的一部分。

操侗台语的傣族人经历了漫长时间的迁徙，逐渐从中国西南边境深入到中南半岛腹地，在与当地人通婚及交往的过程中，一边保持着自己民族的语言与文化，一边吸收周边民族的语言和文化并逐渐融入当地的社会，直至公元八世纪下半叶到公元十世纪开始陆续在中南半岛北部建立起一些小的王国。其中最早的一个国家叫清盛国，它是后来兰那王国的前身。[1] 过去泰国历史学界一般认为，公元一二三八年素可泰王朝的建立，标志着泰人的独立和泰国封建王朝历史的开端。从那以后的近八百年时间里，在吸纳和继承了由孟族、高棉族建立的早期印度化文明的基础上，泰人渐渐创制出一套具有自身特色的语言文字系统和文学艺术传统。

泰人自古有好歌善咏的风俗，至今在一些乡间俗里仍可以听到或看到人们以歌谣相互唱和、游戏的场面。只可惜，在相当长的历史时期里，由于缺少文字的记录，大量负载着古人生活经验和思想情感的诗歌都在迁徙、战乱或是朝代的更迭中遗失了。口传耳受，一直是泰人先民传播知识的主要方式。即使是在佛教传入，并带来了文字和经书制作及传抄文化以后，人们与文字的联系也并不像现代社会那样广泛和直接。根据西方宗教学者丹尼尔·M·威德林格尔[2]和贾斯汀·T·麦克丹尼尔[3]对泰国、老挝等南传佛教国家的古代僧院制度和写本文化的研究，大多数的贝叶经文一旦制作完成，便很少再拿出来进行编辑或注释，寺院僧侣们日常学习和佛事活动所用的经文大多是用当地俗语写成的一些小经或咒语。文字，在泰国古代一直被认为是神圣的，古兰那地区用"圣典文"（Akson Dham）来称呼当地的书写系统。由于气候和技术的关系，用树皮制作书籍想保存下来，远不像拥有造纸术的古代中国那样方便。所以，大多数以文字留存下

1　张玉安、裴晓睿著：《印度的罗摩故事与东南亚文学》，北京：昆仑出版社，二〇〇五年，第六页。

2　Dainel M.Veidlinger, *Spreading the Dhamma : Writing, Orality, and Textual Transmission in Buddhist Northern Thailand*, University of Hawaii Press, 2006.

3　Justin Thomas McDaniel, *Gathering Leaves and Lifting Words : Histories of Buddhist Monastic Education in Laos and Thailand*, University of Washington Press, 2008.

来的文献，要么是宗教经文或宗教仪式上的唱颂文，要么就是与皇家仪典、王朝历史或宫廷法典等密切相关的文字。它们的功能性和仪式性要远远大于其文学性和娱乐性。

诗歌的创作和吟诵，在泰国古代一直被认为是"使人们欢乐"（pralom Lok）的娱乐助兴活动，它尽管是人们最常用来交流情感、传播生活经验和表现才华的工具，但也因为与世间生活的密切关系，而不易被"神圣的文字"所记录和保存。不论是文字进入之前还是之后，在现代印刷术到来之前，泰国诗歌一直都是在一个发达的口头传统之下演进并发展的。

泰国迄今为止保留下来的用民族语言创作的最古老韵文，出现在年代约为公元一二九二年由素可泰王朝第三位国王兰甘亨及其后继者创作的碑文上，铭文中有"见稻他不移，见财他不取""水中有鱼，田里有米"，等这样一些字句工整、带有"脚腰韵"[1]的短小韵文。这说明，虽然没有更早的书面文字记载，但至少在当时，一些韵式简单、语言质朴的韵文已经存在于泰族先民日常的对话和生产生活当中了。

兰甘亨碑铭中出现的"脚腰韵"，同样也是我国壮族、傣族诗歌中最常见的押韵形式。可见，同属侗台语族的这些同源民族，在不断迁移的过程中，始终保留下来了自己民族语言中最原始、最自然的诗歌要素。"脚腰韵"使诗句与诗句像花环一样连缀起来，同时使得腰韵音节所在的诗句被分为上下两个半段，形成类似"半逗律"[2]的节奏规律。林庚先生指出，节奏感是诗歌自然的要求，而并非出于易于背诵的需要。诗歌最基本的形式是分行，古诗的分行是由节奏点决定的，所以语言可以借助诗行利用节奏本身有规律的间歇性来造成飞跃，使一个个不依靠散文逻辑维系的诗行在预期中出现。[3]"脚腰韵"除了生成的最基本的诗句分行和节奏点之外，

---

1 "脚腰韵"：又译"腰脚韵"。
2 "半逗律"：是林庚先生在长期探索汉语诗歌的节奏规律基础上提出的一个概念，是指"将诗行划分为相对平衡的上下两个半段，从而在半行上形成一个类似'逗'的节奏点。见林庚《问路集》，北京大学出版社，一九八四年，第五页，转引自葛晓音"诗歌形式研究的古为今用——林庚先生关于古诗节奏和新诗格律的理论思考"，《北京大学学报（哲学社会科学版）》，二〇一〇年七月。
3 林庚：《关于新诗形式的问题和建议》，《新诗格律与语言的诗化》，第六十七页至六十八页。

还可以在产生节奏的同时，使行与行之间产生同韵音节的相和与相谐。在诗歌的口头发展时代，这似乎是一种比较容易掌握且使用灵活的构筑诗歌韵律的方法。泰国诗歌进入宫廷诗歌时代以后，虽然发展出丰富多样的格律形式，但是"脚腰韵"却一直是上至文人曲赋、下至民间歌谣里最常见的押韵形式，直至今天。

以简单的"脚腰韵"连缀诗句，再对每个诗句的音节数略加限制，总诗句数不受限制、根据内容可长可短，这样便演化出了泰国诗歌中最简单的一种诗体形式——"莱"体。现今已知最古老的莱体诗歌，便是最初产生于素可泰时期的《帕銮箴言诗》，它也是泰国诗歌史上第一首记录人们生产生活当中的妙语警句、人生格言，以及处世智慧的作品。"帕銮"，是后世对素可泰王朝历代国王的称呼。虽然这部作品的最终成书年代要到曼谷王朝三世王时期（一八二四年至一八五一年），但是文学史家们通过考证，认为它脱胎自素可泰时期应该无疑，可能是当时人们用来教授生活经验、教导社会行为的训诫歌谣，一直以口头传授的方式在民间流传，直到被宫廷诗人润色加工之后，刻写成文字。泰国学者尼冉·纳瓦玛若卡发现，《帕銮箴言诗》在开头部分仍保留着古莱体的痕迹，可是往后直到结尾处却是"平律莱"的格式[1]。这也再次印证了诗作从民间口头，经由宫廷文人的格律化改造，直至最终定型的发展过程。通过对每句诗的音节数加以限定，每句固定在五至八个音节，"古莱体"便被改造成了更加工整的"平律莱"诗体。

虽然经过了后世的改造，《帕銮箴言诗》依旧保留着素可泰时期泰国诗歌在口头发展时代内容淳朴简明、音韵朗朗上口的风格特色。

二、宫廷格律诗歌的发展

泰国诗歌真正走上格律化的道路，是从阿瑜陀耶王朝开始的。

阿瑜陀耶建国之初，地处湄南河下游平原，在素可泰以南。该地区先后受到柬埔寨早期的扶南文明、湄南河流域孟族的堕罗钵底文明和柬埔寨鼎盛时期的吴哥文明的影响，在文化特点上比北部的素可泰、兰那王国

1　转引自【泰】素帕蓬·玛增:《泰国诗歌》，曼谷:欧典出版社，一九九二年，第二七三页。

保留了更多孟—高棉文化的影响痕迹。阿瑜陀耶的建立者拉玛提波迪一世（乌通王）虽然相传为一位泰族王公的儿子，但是在建立王朝伊始却保留并沿用了大量高棉式的宫廷法典和宗教信仰。自一三五〇年建都到一七六七年被缅军攻陷，阿瑜陀耶屹立了四百余年的时间。繁荣的海上贸易为宫廷生活带来源源不断的物质财富；国力的强盛，保证了宫廷文化的兴盛。也正是在这样盛极一时的宫廷文化氛围里，诗歌脱离了民间淳朴自然的土壤，开始朝着形式繁复化、辞藻华丽化、语言庄严化的方向发展。莱体、克龙体、伽普体、阐体和格伦体各种诗体争奇斗艳，以至于美国语言学家威廉·格德尼说："暹罗诗歌的艺术性主要体现在：在各种韵文体式规范下，娴熟运用语言的技艺。暹罗诗学的很大一部分价值都蕴藏在形式之中，而不是在语义所蕴含的内容里……在欧洲几乎不可能找出一个国土面积与之相当的国家，在诗歌艺术的数量和质量上可以与之齐观。"[1]

在一个口头传承和听觉审美占据主导的文化模式中，诗歌的格律形式最终是服务于音韵的，甚至很有可能是为了配合演奏和唱诵的需要。丰富的形式变化和复杂的格律规则，恰恰体现出暹罗诗歌对音韵的重视程度要远胜过诗歌其他方面的审美要素。这种极其重视音韵和修辞（庄严）的诗学传统的形成，在很大程度上也是受到印度诗学影响的结果。

泰国最古老的以书面文字出现的诗歌，是阿瑜陀耶王朝拉玛提波迪一世下令婆罗门祭司创作、用来在水咒仪式[2]上念诵的《水咒词》。由于是宫廷文化中重要的仪典文献，具有神圣性，所以它的成书时间甚至要早于《帕銮箴言诗》。《水咒词》最初的原本是由高棉字母写成的，其中包含了大量古泰语词汇和梵巴文借词，语言晦涩难懂，内容上也反映出婆罗门教、佛教和本土的万物有灵论等多种信仰相互融合的特征。

《水咒词》是泰国文学史上最早的立律诗歌。"立律"，是阿瑜陀耶王朝前期文学中最为流行的诗歌形式。关于"立律"一词原本的含义，现在

1　William J.Gedney, 1997, "*Problems in Translating Traditional Thai Poetry*", William J.Gedney's Thai and Indic Literary Studies, ed.by Thomas John Hudak, 17, .Michigan：Center for South and Southeast Asian Studies, The University of Michigan.

2　水咒仪式：是古代泰国宫廷一项重要的仪式，各属城的城主、大臣、宫廷主事在国王面前喝下被祭司念诵过咒语的水，宣誓对国王的忠诚并诅咒叛逆者。原是吴哥王朝宫廷里的婆罗门教仪式，后传入阿瑜陀耶地区。

仍无定说。它的含义仅见于一些诗学教科书,指的是一类由莱体和克龙体交替运用的诗歌形式,诗节与诗节之间以韵相连,即前一诗节最后一个元音,与下一诗节的第一、二或三个音节相押,传统上将这种押韵方式叫作"立律"。这种在同一篇作品中交替运用两种诗体的方式,也是阿瑜陀耶时期宫廷诗歌的一种创作传统。

立律诗歌的盛行,说明莱体和克龙体已经基本完成了格律化,诗行、诗节的字数和押韵规则已基本固定。文学史家基本认同,这两种诗体和后来兴起的格伦体,是真正源自泰国本民族的三种诗歌体式。克龙体比莱体的格律更加复杂,不仅规定了押韵方式,还对音调有要求。一般认为,它是从泰国北部和东北部逐渐传入中部阿瑜陀耶地区的[1]。《水咒词》,也是中部地区最早使用克龙体创作的韵文。

在泰国所有立律诗歌作品中,艺术造诣最高的当属晚于《水咒词》一两百年的《帕罗赋》。也是从《帕罗赋》开始,泰国的诗歌真正走上审美化的道路。在《帕罗赋》之前包括很多后来在宫廷文化中孕育出的诗体作品,虽然有着诗的形式,但要么服务于统治者的教化目的,要么附着于宗教或宫廷仪式,纯粹以诗的音乐美和情感表现力为创作追求的诗歌作品流传下来的并不多,《帕罗赋》当属其中的佼佼者。和其他大多取材自印度文学或佛本生故事的诗歌作品不同,《帕罗赋》讲述的是一个本民族的爱情悲剧故事,或许也正是这样一个可歌可泣的故事,触动了诗人的情感共鸣,从而引发出一曲荡气回肠的历史绝响,再经过后世诗人的润色雕琢之后,最终成为一篇辞采华美、音韵和谐、情感浓烈的民族诗歌经典。

泰国古典诗歌发展到第一个高峰,是在阿瑜陀耶中期的纳莱王统治时期(一六五六年至一六八八年),这也是泰国历史上最为辉煌的时期之一。当时的军事、外交、艺术、建筑都取得了令人瞩目的成就。纳莱王曾四次派遣使团出使法国,路易十四国王也派遣使者来到了阿瑜陀耶宫廷。这一时期诗歌的内容和体裁都更加的丰富,出现了纪行诗(尼拉)、船曲、戏剧剧本等多种体裁百花齐放的局面,并出现了以纳莱王为首的一批造诣较高的诗人。在当时那样一个"连呼吸都是诗歌"的宫廷文化氛围里,不仅

---

1 【泰】素帕蓬·玛增:《泰国诗歌》,曼谷:欧典出版社,一九九二年,第二〇五页。

有才能的诗人能够成为统治者身边的红人，甚至一首诗便可改变一个人的命运。传奇诗人西巴拉的传世名作《悲歌》，便可算得上是那个诗歌黄金年代里一颗璀璨的宝石。

阿瑜陀耶王朝前期发展起来的平律克龙体诗歌经由纳莱王时期诗人的改造，在每一行首顿的第三至四个音节位置添加了元音韵脚，使格律更加工整[1]。除了克龙体诗歌之外，伽普体诗歌也成为最时兴的诗体。"伽普"一词来自于梵文的 Kāvya，在泰语中既指广义的诗，又专门用来指一种诗歌体式。关于这种诗体的确切来源，目前学界说法不一，大部分的观点还是认为它来自印度。不过，它在阿瑜陀耶宫廷的流行，与两部由兰那僧人创作的巴利语诗学著作《诗义华光》[2]和《诗品》[3]存在较大程度的关联[4]。将伽普体诗歌运用得得心应手的，当属阿瑜陀耶历史上另一位才华横溢的大诗人——探玛提贝王子（一七一五年至一七五五年）。

探玛提贝是波隆摩谷国王（一七三二年至一七五八年在位）的长子。他不仅擅长多种格律严谨的诗体，留下了多部传世作品，还开创了"伽普体巡舟曲"这种以一首克龙体开篇、剩下的全以"伽普雅尼十一"体[5]创作的游船助兴诗歌样式。

阿瑜陀耶城四面环水，形成一座"岛城"，人们的日常出行全部以舟船代步。作为中南半岛上一处重要的商贸中心，来自世界各地的船队都可以从入海口沿河道直抵阿瑜陀耶城。皇家船队是当时彰显王威、体现国家财力的重要交通工具，而"巡舟活动"更是成为一项重大的皇家庆典仪式。据文献记载，纳莱王时期举行的盛大皇家船队巡游活动中，光是彩船就有一百一十三艘。除了大型的御舟巡游活动之外，王公贵族们还会乘坐私家船只沿河游玩。"巡舟曲"就是由此应运而生的一种助兴诗类型。

1　【泰】素帕蓬·玛增：《泰国诗歌》，曼谷：欧典出版社，一九九二年，第二十页。

2　《诗义华光》：巴利文名称是 Kāvyasāravilāsinī.

3　《诗品》：巴利文名称是 Kāvyakhandha.

4　为了方便中文读者理解，本文将两部著作的书名以意译的方式翻译。关于它们，另可参见裴晓睿"印度味论诗学对泰国文学的影响"，载王邦维主编《比较视野中的东方文学》，北岳文艺出版社，二〇〇五年，第九十页。

5　"伽普雅尼十一"体：每首由两行诗构成，每行十一个音节，分为前后两顿。

三、古典文人诗歌的发展

阿瑜陀耶王朝灭亡以后，经历了吞武里王帕昭达信的复国和曼谷王朝一世王的复兴，前朝创造的辉煌文化虽然历经浩劫，但是也得到了最大程度的挽救和传承。从帕昭达信王立国（一七六七年）到曼谷王朝二世王帕普陀勒腊即位（一八〇九年）之前的四十二年时间里，两位国王都曾召集宫廷文人和僧人学者，投入大量精力搜集各地的文献残本，并组织修复、补订和重编。这一时期的诗歌虽然数量不多，但是从这些存世的作品中，仍能依稀看出宫廷诗歌的表现形式和内容已经出现了一些微妙的变化。

在銮萨拉威奇（即后来的昭帕耶帕康（洪））创作的取材自印度《尸语故事》的立律体叙事诗《佩蒙固》中，虽然故事主干依然是关于王子公主的恩爱情仇，但是却包含了大量机智巧妙的谜语和问答，体现出对智慧和谋略的重视——这在诗人后来受一世王御令主持翻译的泰文版《三国》中得到了更清晰的体现。对智慧、权谋和处世之道的强调，实际上体现了一种积极面对现实社会的务实主义思想。这也说明，吞武里王朝和曼谷王朝初期的宫廷诗人，虽然依旧运用着从阿瑜陀耶时代流传下来的诗歌样式，不过在旧的形式中却开始呈现出新时代的气象和诉求。诗歌逐渐褪去了神圣性、仪式性的外衣，开始走出神话与想象的牢笼，积极关注社会生活和现实人生。

"尼拉"纪行诗，是阿瑜陀耶中后期流行起来的一类以离家远行、沿途抒发对情人或妻子的思念为主题，带着强烈抒情色彩的诗歌类型。"尼拉"这个词的原义是远离。西巴拉的《悲歌》，便是阿瑜陀耶时期"尼拉"诗歌中最杰出的代表。到了曼谷王朝，这种纪行诗类型继续受到人们的喜爱。一七八一年，吞武里王朝的帕雅摩诃努帕根据自己随朝贡船队受命前往广州的经历，创作了《广东纪行》（又名《帕雅摩诃努帕中国行纪》），记录了自己沿途的见闻和当时广东城繁荣的景象。与以往尼拉诗歌不同的是，《广东纪行》不再以离愁别绪作为描绘风光的核心，牵动诗人思绪的也不再是对情人的思念，而是目光所见的真实风光和风土人情，是对一个异国他乡的探知与好奇，它记录着诗人自己对客观世界的观察、探索与思考。诗歌，不再只是展现个人才能和语言技艺的工具，而是正成为连接诗人的自我与世界的媒介，是诗人用来表达自我、言说世界的重要手段，它越来越与诗人个人的经历与禀赋相融合。

阿瑜陀耶时期的尼拉诗歌多采用克龙诗体创作，不过《广东纪行》却采用了源自民间的格伦诗体。"格伦"，最初只是民间对诗歌的统称，后来用来指一种大约从阿瑜陀耶中后期开始在泰国中部和南部地区流行起来的民间歌谣体。阿瑜陀耶后期宫廷诗人曾用它来创作过一些长歌[1]和舞剧剧本，例如探玛提贝王子的长歌，恭吞公主的达朗（《伊瑙》）舞剧剧本，另有《格伦长歌阿瑜陀耶城授记》，等等。

由于形式灵活、语言风格可俗可雅，运用起来十分方便，因此，到了曼谷王朝二世王帕普陀勒腊（一七六七年至一八二四年）时期，在二世王、顺通蒲等多位大诗人的改造和运用下，格伦迅速成为上至宫廷、下至民间最为流行的一种诗体。宫廷文人们不仅用格伦体创作长歌，还用它来创作格律工整的诗剧剧本，甚至长篇传奇故事。民间说唱艺人则用它来创作"昆昌昆平"故事的唱本，老百姓用它来唱童谣和催眠曲。

格伦的形式非常多样，既有限定每顿音节数的格伦四、格伦六、格伦七、格伦八、格伦九，又有不限定音节数的花串格伦、萨格瓦格伦、社帕格伦、舞剧格伦、尼拉格伦、长歌格伦、故事格伦、乡村格伦。在押韵规则上，基本要求是：每行的首顿和尾顿押脚腰韵。根据行与行之间押韵规则的不同，又进一步细分为平律格伦、桑克里格伦、单头格伦。其中，平律格伦是宫廷文人在民间格伦的基础上改造而来的格律最为工整的格伦诗体。顺通蒲创制的八言格伦体，又称"市井格伦"，雅俗共赏、老少咸宜，成为大众最为喜爱的格伦诗典范。

格伦体的流行，在一定程度上宣告了一种新的诗歌格局的到来。人们对这种更加灵活和自由的形式的偏好恰恰表明：传达什么样的内容、如何更方便地表达心中所思、所想，正成为诗歌创作更意欲追求的方向。诗歌不仅走出了宫廷，也将更广阔、更丰富的社会生活图景吸纳进诗的语言里，它不再是王公贵族才能理解和使用的高级而神圣的学问，而是各阶层人民都能理解和获得共鸣的语言游戏和精神食粮。

1　长歌：也译屏谣（音译）。阿瑜陀耶后期兴起的一种书信式歌谣类型，习惯用格伦体创作。起初只是男女间为了表达爱恋、相思或戏谑的一种情歌样式，后来内容逐渐丰富和自由化，并被宫廷诗人用来创作各种题材的诗歌，如一世王的御作《红土港伐缅纪行》、三世王时期玛哈门迪创作的《讽玛哈贴（通班）长歌》，等等。

在二世王治下，泰国古典诗歌走向了顶峰。二世王本人是一位诗人国王，在他的文学沙龙里，聚集了多位才华横溢的大诗人，如顺通蒲、帕耶德朗、乃纳林提贝（因）等。诗歌创作不仅受到国王的重视和嘉奖，宫廷文人创作的诗歌、剧本还流传到民间，深受民众的喜爱。二世王亲自改良了古典戏剧的表演形式，进一步规范舞蹈程式、配乐和剧本，还创作了多部适合大众阅读的民间剧剧本。二世王用六言平律格伦体创作的宫廷古典剧《伊瑙》剧本，韵律工整和谐，语言优美流畅，既适合演唱、又适宜阅读，作品中大量或寓意深远或妙趣横生的唱词，在长期流传的过程中逐渐成为脍炙人口的俗语，堪称"舞剧格伦诗之冠"。此外，二世王还集合宫廷文人和民间说唱艺人，将散佚民间的"昆昌昆平"社帕唱本，集合起来用清新流畅的格伦诗体重新编撰，在语言上做了很大的加工润色，产生了很多经典的、深受人民喜爱的警句格言和段落。虽然《昆昌昆平唱本》最终完成是在三世王帕南诰时期，但是被公认为艺术水准最高的章节，都是出自二世王时期。

二世王身边最负盛名的大诗人，当属享有"暹罗莎翁"之称的顺通蒲。顺通蒲传奇一生取得的文学成就，既得益于其超绝的诗歌才华，也应当归功于时代的造化。他在泰国诗歌史上占据着重要地位，获得文学史家的一致推崇。除去他在诗歌艺术上的开创性成就之外，他的存在本身便已宣告了一个重要时代的到来：诗人，已经真正成为一个独立的身份标志。他们不再是国王庇护下的无名氏，也不再只是为了替国王歌功颂德或为了宫廷的消遣娱乐而创作，他们因诗歌而生，因诗歌而显达，也凭借诗歌而获得了普罗大众的认可和喜爱。穷困潦倒时，也能靠撰写诗歌获得一定的经济支撑。这是在阿瑜陀耶萨迪纳制度下的宫廷诗人无法企及的。也只有在一个贸易高度发达的时代，商品经济和文学消费阶层的存在，才有可能使得诗人即使脱离了宫廷庇护，也仍然能够获得社会对他身份的认可。[1]

文学史的事实也表明，在漫长的阿瑜陀耶时代，几乎没有几个诗人在作品上留下过自己的名字，多数作品都留下的是某位国王的名字。文学史家一般认为，很多流传下来的诗歌都是集体创作的。这种状况似乎到了曼

1　关于曼谷王朝初期的社会经济和阶层变化对文学消费与创作的影响，可详见泰国历史学家尼梯·尤西翁著《帆船与羽毛笔》，曼谷：欧玛林出版公司，一九八四年。

谷王朝才有所改变，不仅每部作品开始有了明确的创作者，而且每位诗人都一定程度地将自己的经历和风格烙印在其作品之中。吟诗作赋，不再是王公贵族们的娱乐消遣活动，在民间，能唱诗、会说故事的专职艺人被尊称为"Kru"（意为老师）。正因为整个社会风气都以诗歌为爱好，有才华的诗人才有可能受到尊崇。三世王时期的女诗人坤蒲，因擅长对歌而深受国王及王公贵族们的喜爱，她的家宅成为当时诗人们聚会论诗的"沙龙"。

这种种事实表明，诗歌已经走向了文人化的时代，诗人不仅受到社会的认可，而且开始成为一个有独立意志的文化生产群体。

四、现代诗歌的发展

从三世王帕南诰时期（一八二四年至一八五一年）开始，西方文化开始进入泰国。西方传教士带来了现代印刷工业和报业。一八二八年詹姆斯·罗制作了第一个泰文字母印版，印制《泰语文法》。一八三五年美国传教士将第一台泰文印刷机带到了曼谷。一八三七年，丹·布拉德利在曼谷设立印刷厂，并于一八四四年创办第一份半月刊泰文报纸《曼谷纪闻》[1]（一八四四年至一八六七年）。到了四世王帕宗诰（一八五一年至一八六八年）时，泰国设立了自己的皇家印刷厂。一八五七年创立了第一份官方报刊《政府公报》[2]（一八五七年至一八五九年）。一八七四年五世王时期，第一份由泰国人自己创办、印刷和面向大众公开发行的周刊《青年谈》出现。

报纸的出现，不仅将人们迅速卷入了阅读时代，更重要的是带来了大量新的信息、新的词汇和新的文体。报刊文体和报刊语言的直白性、通俗性，更能适应大众想要快速了解急剧变化的外部世界的需要。于是，白话散文体文学迅速发展，并逐渐取代古典时代的韵文体，成为文学创作和阅读的主流。

从四世王时期开始的现代化启蒙运动中，识字人口迅速增加，封闭的旧世界突然被打开。文字，成为人们探知新世界的最重要媒介之一。在书

1　《曼谷纪闻》：英文刊名是 Bangkok Recorder.

2　《政府公报》：英文刊名是 Royal Thai Government Gazette.

面文字稀缺的年代，人们聚在一起，从跳跃的、有节奏的语言音符中去倾听一段波澜起伏的故事，并从中获取人生经验、知识和信息。进入到无声的阅读时代后，人们逐渐习惯了通过视觉摄取文字背后的信息，对于声音的依赖和敏感程度渐渐减退。人们对文学的渴望不再是为了纯粹的消遣娱乐，而是希望通过文字去掌握信息、扩充知识和增长智慧。

新的时代，势必给诗歌带来新的诉求。天宛（一八四二年至一九一五年）便是第一位赋予诗歌新的任务的暹罗诗人。他创作的《社会批判诗》《认识人》《看待痛苦》《真实是什么？》等一系列诗作，体现出强烈的启蒙思想和民主意识。他呼唤国家进步、呼唤人民参政，他将诗歌作为唤醒民智、传达政治理想的有力工具。

在相近时期，贵族开明知识分子库贴（全名：帕雅探玛萨门迪，一八七六年至一九四三年）也开始用诗歌反映和批判泰国的政治、经济或社会现象。库贴的诗作数量巨大，他在早期也用古典诗体创作，后来从二十世纪二三十年代开始，他改用表达情感更直接的民歌形式，创作了大量反映底层劳动者艰辛、反映社会不公正现象的作品。他的诗作不仅涉及社会生活的方方面面，还富有思想的火花。他摒弃了形式整齐、格律严谨的古典诗歌形式，灵活地在诗句中嵌入头韵和尾韵，创造出一种形式自由却又富有音乐感的独特的诗歌风格，成为很多现当代诗人的楷模。文学史家一般认为，库贴真正开启了泰国现代诗歌的序幕。[1]

一九三二年"六·二四政变"以后，泰国诗歌经历了一段古典主义复苏期。銮披汶政府设立了"古典文学协会"并创设了文艺刊物《古典文学》，为诗歌创作提供了一个自由发表的园地。这一时期最经典的诗作，是大文豪公玛门披塔雅隆功（笔名诺·莫·索）的长篇诗作《三都赋》，这也是作者生前最后一部且最为得意的作品。《三都赋》将莱、克龙、伽普、阐和格伦五种古典诗体全部融入其中，歌颂了阿瑜陀耶、吞武里和曼谷三个伟大的都城。

在军政府对言论的管控下，相比于小说这样的容易表达新思想、反映社会现实的现代文体，诗歌显然要"安全"得多。这在一定程度上为诗歌在现代化道路上的探索，提供了相对宽松的环境。虽然保守主义和

1　另可参见栾文华著：《泰国文学史》，北京：社会科学文献出版社，一九九八年，第三六九页至三七〇页。

复古主义倾向不利于诗歌拓展新的形式和思想内容，但是也避免了民族诗歌最精髓的部分遭到激进化的摒弃或破坏。毕竟，形式、音韵、语言的精妙，永远是诗歌艺术不可缺失的重要构成。

在《古典文学》杂志上诞生了很多重要的现代诗人，如巫切尼（巴钦·崇塞·纳 阿瑜陀耶）、乃丕（阿萨尼·蓬简）、古腊莎·荣若狄、塔威翁等等。虽然他们最初创作的都是一些带着甜蜜浪漫主义色彩的抒情诗，但是古典诗歌的训练却也练就了他们高超的语言功底，这为他们日后将新的思想内容注入诗歌打下了基础。

二次世界大战结束以后，面对战后满目疮痍的社会环境，不同的作家和读者群采取了不同的应对方式。一部分作家和读者选择直面现实，揭露社会问题；另一部分则选择逃避，继续在文学的虚幻世界里寻求慰藉。创作实践上的分歧，最终导致了不同创作原则和审美取向上的论争——"艺术为人生"与"艺术为艺术"之争，这也是泰国现代文学史上的第一场理论论争。

在诗歌方面，乃丕是第一位主张"艺术为人生"的诗人。他的作品写出了工农阶层生活的艰辛和被资本家压榨的无奈。[1] 他饱含真情的代表诗作《东北》《我们胜利了，母亲！》《想家》(《圆月》)被人们不断传诵。相近时代的诗人塔威翁（全名：塔威·沃拉迪洛）也创作了很多揭露社会现象、充满了积极力量的作品。塔威翁的诗歌更为多元，且内容丰富、数量惊人。他并不是一味只创作"为人生"类型的诗作，也创作了很多带有怡情娱乐性质的诗作，他善于将对人生、对宇宙的思考注入诗歌当中。

在二十世纪五六十年代"艺术为人生""艺术为人民"诗歌道路上最重要的一位旗手，当属集·普密萨。他不仅是一位诗人，更是一位文学理论家、思想家和学者。他发展了因特拉玉、社尼·绍瓦蓬等进步作家的文学主张，进一步批判了"文艺为文艺"的创作路线，并且更加全面和系统地阐释了"文艺为人生"思想的由来及其在泰国的形成过程。这是"为人生""为人民"的文艺观在泰国首次得以理论化地阐述。在诗歌创作上，集吸收了古代诗歌艺术的精华，并在形式上进行了大胆尝试与创新。在诗歌

---

1 【泰】川·佩盖:《现代诗歌》，那空是贪玛叻师范学院，曼谷暹罗之都印刷厂，一九八〇年，第二十六页。

创作早期，集深受乃丕和巫切尼的影响。[1]他发展了乃丕对伽普体诗歌节奏和风格的改良，继而创造出一种节奏紧凑、音韵沉重犹如战斗般的新伽普体诗歌。此外，他还从古代的"水咒词"中发掘出了克龙五诗体，并运用到自己的诗歌创作中。[2]由于思想激进，一九五八年，集和多位进步作家一起遭到沙立独裁政府的逮捕，在狱中度过了六年时间。集的大多数诗歌都是在狱中创作的。他还亲自为自己的一些诗作谱上了曲，如《信仰的星光》《啖饭》。这些饱含梦想与希望、充满勇气和力量的诗作，成为二十世纪六七十年代泰国知识分子宝贵的精神食粮。

一九五八年至一九六三年沙立执政时期，是泰国现代文学的沉寂时期，栾文华先生将这一段时期称为诗歌的"梦幻时期"[3]。在"革命团"第十七号独裁法令的高压控制下，大量文艺期刊被禁止出版，大量进步文学作品被贴上"禁书"的标签。大批进步作家不是遭到拘捕，就是逃往国外。这一时期涌现出来的诗作，普遍缺乏思想深度，大宗刊物上遍布着"清风阳光"式充满幻想色彩和沉湎于自我世界的文字。一些诗人因擅长写爱情诗而受到读者欢迎，他们中就有后来蜚声诗坛的巴雍·松通和瑙瓦拉·蓬派汶。

一九六三年独裁者沙立·他那叻逝世，思想文化界的政治枷锁得以暂时缓解。不过，长期的思想钳制使得青年学生渐渐感到不满和困惑。他们渴望思想的解放、渴望真知，并开始审视自己深陷其中的社会罗网。一九六四年，来自七座高校的学生不满政府对出版自由的限制，自发创办了自由刊物《七院校》，希望以文学来关注社会。但是，不久就被政府以"有叛乱嫌疑"的名义封刊。一九六八年，法政大学经济系学生威塔亚恭·清功在法政大学的校庆日发表了新诗《我来寻找意义》（又名《学院的野歌》)，真实地表达了在真理稀缺的年代，青年人心中的苦闷和对真知的渴望。

二十世纪六十年代中后期开始，文学环境逐渐回暖，大学校园成

1　【泰】川·佩盖：《现代诗歌》，那空是贪玛叻师范学院，曼谷暹罗之都印刷厂，一九八〇年，第三十页。

2　关于集·普密萨用克龙五创作诗歌的例子，另可参见栾文华：《泰国文学史》，北京：社会科学文献出版社，一九九八年，第三七六页。

3　栾文华：《泰国文学史》，北京：社会科学文献出版社，一九九八年，第三七二页。

为了文学创作活动的中心，各大高校纷纷成立文学社团，创立文学刊物。一九六四年至一九七三年这十年，是一个由青年学生主导的文艺探索期，以至于泰国文学史家形象地用威塔亚恭诗歌中的名句将这个年代命名为"我来寻找意义"期。诗歌创作重新恢复了活力，乃丕、集·普密萨等一些"为人生"作家的诗歌也重新受到追捧，一些新的诗人也崭露头角，诗歌的表现形式和思想内容都得到了进一步的发展。这一局面一直延续到一九七三年"十·一四"学生运动的胜利，并且在一九七三年至一九七六年间发展至高峰。

活跃在二十世纪六七十年代的诗坛并对泰国当代诗歌的革新产生重要影响的诗人，当属瑙瓦拉·蓬派汶、昂堪·甘拉亚纳蓬和陈壮三位，他们中又以前两位的诗歌成就最为突出。

瑙瓦拉的诗歌语言优美而富有韵律。一些诗歌评论家将他的作品概括为三类：情感类、理想类、纯诗类。内容涵盖了爱情、对自然的歌颂、乡村的宁静、艺术与音乐、佛教义理、对公平的呼唤等等。[1] 瑙瓦拉早期创作大多是一些格伦体的甜蜜爱情诗，后来风格逐渐成熟，题材日趋多元。二十世纪七十年代中期的学生运动和社会政治风浪对他的诗歌影响巨大，他的诗作开始流露出奋发激昂的情绪，如《只要动》《稻田上的笛声》《鸽祭》等，显示出对政治、国家、民主的积极思考。到"解脱自在园"出家并接触到佛使比丘的思想之后，他的诗歌开始回归平静，在诗歌中用佛教的义理学说破除现代人的精神困惑和执着。[2]

如果说瑙瓦拉是语言和音韵的大师，昂堪·甘拉亚纳蓬则是泰国现代诗歌意象和深度上的开拓者。昂堪本人还是一位画家，他的诗歌早期只在艺术大学内部流传，直到《社会》期刊为他出版了第一部诗集。他的成名作《舀海》，一经出版便引起了广泛的讨论。泰国著名文学史家文乐·忒帕雅素宛甚至说，"他足以为泰国文学道路开启新的方向"。[3]

昂堪是第一位勇于向传统的"诗律"发起挑战的，他的诗歌故意违

1　【泰】川·佩盖：《现代诗歌》，那空是贪玛叻师范学院，曼谷暹罗之都印刷厂，一九八○年，第三十六页。

2　【泰】素玛丽·威拉翁等编：《泰国当代诗歌精选与评论》，曼谷：暹罗出版社，二○○一年，第一九八页。

3　【泰】文乐·忒帕雅素宛：《泰国古典文学的转折点》，载《文学领要》，泰国社会学学会，一九七一年，第一二六页。

反传统的格律规则，按照诗句本身的情感需要灵活地添加头韵和尾韵，形成独具一格的诗体，甚至被人们称为"昂堪体"。除此之外，昂堪还大胆运用想象，将古典文学中的大量神话元素进行改造，赋予新的寓意。他的诗歌语言紧凑而凝练，语意丰富而充满思想的光芒。就连德国泰学家克劳斯·温克也说"昂堪为泰国诗歌带来了迄今为止不曾有过的广度和厚度"[1]。

同为画家出身的华裔诗人陈壮，将一种极度个人化和自由化的诗歌风格带向诗坛。他的诗歌可以说是在绘画艺术上的延伸，纯粹以视觉的感受来构筑诗歌的意蕴。他的诗歌深受西方有形诗的影响，用诗的建行形式营造视觉上的抽象印象，并与诗歌的主旨相契合。诗歌在他这里，完全从声韵格律的限制中被解放出来，成了无声的诗、有形的画。他的无韵诗和自由体诗试验，在诗坛造成了不小的反响，直至今天。

一九七三年至一九七六年的学生运动高潮虽然最终以"十·六"流血事件而宣告失败，然而也无形中加快了泰国的政治民主化进程。美国学者戴维·K·怀亚特把泰国一九七六年以后的时期称作"新的开始"[2]。这对于泰国文艺界来说，意味着长期以来钳制着思想文化的政治"枷锁"终于打开，一个欣欣向荣的文坛新时代终于到来。泰国学者甘哈·桑若亚将一九七三年至一九八三年这十年形象地称为泰国文学的"发现期"，它寓意着十年"寻找意义期"在此时已结出累累"硕果"。我国学者栾文华先生也将泰国诗歌在二十世纪八十年代以后的发展称为"多元化的新时期"，[3]"以前存在的文学营垒、文学派别、文学思想的对立和斗争趋缓并渐渐消失。文学创作再没有令人瞩目的中心和共同关心的主题"[4]。

进入八十年代以后，泰国诗歌依旧在形式格律与思想主题两个方向上探索着新的路径。[5]只不过，政治话语逐渐从诗人的笔下隐退，虽然依旧

1　Klaus Wenk, *Thai Literature : An Introduction*, translated by Erich W.Reinhold, Bangkok : White Lotus, 1995, p89.

2　David K.Wyatt, *Thailand : A Short History(2nd ED)*, New Haven and Lodon : Yale University Press, 2003, p293.

3　栾文华：《泰国现代文学史》，北京：社会科学文献出版社，二〇一四年，第二七〇页。

4　同上，第二三四页。

5　国内关于泰国诗歌一九八〇年以后的发展情况，可以参见邱苏伦、裴晓睿、白滨主编：《当代外国文学纪事 1980-2000（泰国卷）》，北京：商务印书馆，二〇一五年，第二八七页至三〇二页。

有呼唤民主的诗作出现，但已构不成时代的主旋律了。诗人们更多地思考和关心的，是现代社会中人类共同的命运，是生命终极的价值，是自然与宇宙的无限。

格罗塞说，"在艺术领域，再没有别种艺术，像诗歌那样能无限制地支配着无限制的材料。"[1]泰国诗歌，仅仅从文字时代算起，至今也有七百多年的发展历史。它给我们展现的不仅仅是每个时代最美丽精妙的语言，更是这个民族所创造出的最宝贵的精神遗产。

熊　燃

二〇一七年十二月二十日

1　【德】格罗塞著：《艺术的起源》，蔡慕晖译，北京：商务印书馆，二〇〇八年，第二〇五页。

古代部分

帕銮箴言诗

　　是一部在民间流传十分广的泰国古老箴言集，也是现今已知最早的有文字本传世的泰语韵文作品。"帕銮"，是后世对素可泰王朝历代国王的称呼。文学史家一般认为[1]，这部作品产生于素可泰时期，长期以口头形式流传民间。只是由于缺少充足的文献记载，诗集最初的创作者和创作年代已不得而知。曼谷王朝三世王于一八三二年下令扩建菩提寺时[2]，命令将历代的箴言刻于寺内的围墙上。从那时起，《帕銮箴言诗》才有了固定的文字版本传至今天。多数学者

1　和泰国大多数古典文学一样，关于这部作品的创作年代与作者，在学界也存在争议：一派认为是创作于素可泰时期的作品；另一派认为创作于曼谷王朝三世王时期。本书编者对比了两派的观点，认为初创于素可泰时期的观点，更为令人信服。

2　三世王下令将各种文献和古代知识刻在寺院内的墙壁上，供人们学习，该寺因此而被称为"泰国第一所大学"。不过在今天的游客中，它却是"卧佛寺"的寺名闻名遐迩。

认为，至胜庄严[1]法王极有可能参与了《帕銮箴言诗》的编纂和加工，他自己还创作了一部《帕銮智慧》的克龙体诗歌。

1　至胜庄严（Paramanujita Jinorasa）：是一世王的儿子，十二岁时出家，毕生在寺院里研习佛法、著书立说。一八五一年被四世王任命为僧王，一八五三年圆寂。

帕銮箴言诗

少小学知识，
长大赚钱资。
不图他人财，
不造端生事。

行为依古制，
守义弃谬非。
恶事不可为，
对友莫逞威。

入林刀在身，
临敌休走神。
他人屋中莫久坐，
自家事务勤思索。

坐不挨尊长，
思不企僭妄。
所爱无相轻，
情谊常相续，
孜孜修善行。

莫受人怂恿，
拖舟路中横。
做人休骄纵，
奴仆忌怨嗔。
结贵莫空手，

己罪责之己，
他人过勿咎。

撒种为采实，
养人期食力。
莫违抗尊长，
不骜力难及。

道路僻，休独走；
水急处，莫横舟。
藏虎地，须谨慎；
柴走火，当勤防。

身为民，奴[1]莫交；
权贵者，不可觑。
既有财，休炫富；
长者训，当记牢。

荆棘前，勿失履，
筑篱笆，护身躯。
爱人休轻心，
险地当回避，
迅速抽身离。

得寸莫进尺，
言语勿伤人。
爱身胜金银，
不纳招祸物。

1　奴：意指奴隶，泰国古代萨迪纳制度下，奴隶无人身自由。

秀色莫贪图，
礼物休代领。

行道穿林间¹，
宿地当生火，
行地²须有伴。

师有训，休嗔怒；
己之咎，当自知。
宁失财，荣勿丧；
忠与良，切勿伤。

勿排挤友朋，
过失宜提醒，
义行多称颂。
不讨友所珍，
情义将疏分。

迎敌口有辞，
机密藏心底。
勿浑噩度日，
时刻审度思。

慷慨待亲戚，
能勇亦知畏。

1　这一句在泰文原文中是在"宿地当生火，出游须有伴"两句的后面，在上
　　下文逻辑关系上是对这两句的发生条件的补充说明，译文考虑到中国读
　　者的接受习惯，将顺序做了调整。

2　行地：借用自【南宋】杨万里《见澹庵胡先生舍人》诗："补天老手何须石，
　　行地新堤早著沙。"意为"经行的地方"，与泰文原文意义一致。

恶人休招惹，
不与结友谊。

交谈问有答，
俯身事尊长。
象奔速避让，
犬咬莫还牙。
心内不生妒，
事理以实诉。

河中水鬼勿唤起，
阿达婆术莫贪迷，
转眼魂丧命归西。
莫效碗破难重圆，
应取器碎可熔金[1]。

妻儿莫轻心，
内事不出门，
外事不招进。

效力君王至身死，
效力主人适可止。

物贵休贪食，
贪人语弗信。
宽厚得人心，
观局莫从近。

1　本句意即器具碎了可以拿去熔炼金属。

王者休触犯，
贫者当悲怜。
师尊当面颂，
仆佣事后赞。
称友趁背后，
妻儿慎急夸，
不符颜将失。
师友勿憎恚，
取义不择非，
躬身事老者。

出入莫失神，
身前身后须谨慎，
防范仇敌使暗刃。
嗔怒休得时常起，
一朝犯错难清除。
身旁留利器，
兵甲勿大意。

常念轮回苦，
莫造不善行，
心为良善趋。

答允勿食言，
狡徒莫交心。
友朋当援助，
促其气力足。
一似鸡与鹕，
携幼来食谷。

流言蜚语勿听信，
意欲谋事忌急成，
人有藏掖休得用。
有恩当报患难时，
接济所需满其意。

觐见君王休轻慢，
忠诚不二无疏懒。
君王怨责勿怨怼，
鞠躬俯伏明心鉴。

勿用口舌揭人短，
勿以目光伤人颜。
勿据耳闻判人愆，
勿效师长训斥言。

不可凭空造妄语，
奸佞小人不得信。
不可放任过与失，
不可结交行游子，
长者有教勿回教[1]。

善德记于心，
往来常谨慎。
思后方出言，[2]
报友[3]以慈仁。

1　本句意即不可反过来教育长者。
2　原文在"报友以慈仁"句之后，为了中文诗句押韵习惯，和上下文意的连贯，交换了顺序。
3　报友：意即报答友人。

勿诋毁他人，
勿自傲骄矜。
贫者勿鄙贱[1]，
人人悉亲善。

自家宗族须礼敬，
勿用口舌与人争。
人爱吾，回爱之；
人敬吾，回敬之；
己所珍，当惜之。

王者裔，蛇与薪，
莫因微小而看轻。
萤虫莫与火光竞，
不可图谋害帝君。
莫逞刚勇招速毁，
莫不量力背象牙[2]，
莫逞威风挡权贵。

得道时，人多助，
疾患时，人嫌恶。
若要遮，当遮严；
若要擒，当擒牢；
若要压，当压死；
若要射，当射准；

---

1 鄙贱：意即鄙夷。借用自【明】王守仁《教条示龙场诸生》："侪辈之中有弗疾恶之者乎？有弗鄙贱之者乎？"

2 本句意即不要用肩去背象牙，因为很有可能被大象用牙齿刺伤。

若要修，当修明[1]。

远莫爱，近勿舍；

怀远虑，勿松弛。

浅莫拘，深为志；

上战场，谨护体。

既为人，勤求知；

无爵位，力加倍；

心勿软，当刚毅；[2]

弗避难取易。

鸦前勿打蛇，

罟旁莫惊鱼。

打犬勿禁声，

且忍旧仆恶。

虱莫爱，发[3]当惜；

水为贵，风弗及；

穴虽好，堪比家？

月与日，孰为极？

种种训诫语，

智者且谛听。

思量遵照做，

---

1 修明：意为整治清明。
2 这一句本来在"罟旁莫惊鱼""打犬勿禁声"两句之间，泰文原文的句式在上下句中显得突兀，上下两句都为同样的句式。译文为了句式上齐整和意义的连贯，将这一句位置做了调整。
3 发：音第四声，意即头发。

字字义澄明。
其中藏至理，
与法皆相应。

（熊燃　译）

帕罗赋 [1]

关于《帕罗赋》的作者和创作年代，一般认为，它创作于德莱洛迦纳王（一四四八年至一四八八年在位）及其四位继承者之间（公元一四四八年至一五五三年）。春拉达·冷拉里奇等学者认为，应在拉玛提波迪二世（一四九一年至一五二九年）在位期间。[2] 目前大多数学者均认同此观点。

关于诗歌的作者，也存在各种疑团。由于阿瑜陀耶时期的原本已经佚失，现存最早的版本是曼谷王朝三世王时期的手抄本。学者只能根据诗歌篇末的"王子完此诗"来进行种种推测。由于很多阿瑜陀耶时期的宫廷诗歌均为集体所作，所以，我们认为，《帕罗赋》应该也是先在民间口头流传，再经过宫廷诗人和某位国王的加工润色而最终完成的。

1　全译本已收录在裴晓睿、熊燃著《〈帕罗赋〉翻译与研究》（二〇一三年，北京大学出版社）。在征求译者同意后，将译文再次收入本书。每章标题为编译者添加，原诗中本无。为了保持全书版式一致，编译者对原有诗行格式做了适当调整。

2　详见"《帕罗赋》的作者和成书年代"，裴晓睿、熊燃著《〈帕罗赋〉翻译与研究》，北京：北京大学出版社，二〇一三年，第七页至十二页。

帕罗赋

一　两国结仇[1]

祈降吉祥、成功、威权与胜利！伟大圣城，雄威震天宇。大小城邦，谁与匹敌？扬威奋武，势惊天地。扫荡众邑，所向披靡。征讨"老交"[2]，挥刀斩将啸疆场。降服阮[3]、佬[4]，扬旗擂鼓，得胜回朝。泱泱国土，百姓乐陶陶，国库尽珍宝。和乐之气遍及，祥瑞之光普照。荣耀的阿瑜陀耶[5]，伟大的王城，拥有九宝[6]。一方乐土，天设地造。[7]

君王盛德，广庇天下，

安乐常在，绵延无涯。

阿瑜陀耶，欢愉永驻，

众国齐赞，美名播撒。[8]

1　各单元的标题为译者添加，原作中没有。

2　老交：是傣泰民族的一支，居住在泰国东北部帕府和难府以及老挝部分地区。

3　阮：兰那泰族别称，亦称庸那迦、老阮，分布在今泰国清迈府一带。

4　佬：佬族，指今泰国东北部地区和老挝的佬族。

5　阿瑜陀耶：指暹罗国（泰国古称）的阿瑜陀耶王朝（一三五〇年至一七六七年）。

6　九宝：钻石、红宝石、翡翠、石榴石、黄玉、猫眼石、黑宝石、珍珠、锆石（见泰国皇家学术院一九九九版《泰语词典》第九六一页；春拉达·冷拉里奇：《〈帕罗赋〉研究与释义》，曼谷，朱拉隆功大学出版社，二〇〇一年，第八十页）。

7　这种长篇的诗节使用的是莱体，每句音节数大体保持在四至八个，对诗节的总句数没有限制，长短可以根据内容灵活变化。本段内容是对阿瑜陀耶王朝的颂辞。下面所述故事中的两个国家——颂国和松国是阿瑜陀耶王朝的两个城邦国家。颂国在城邦国家中相对强大，拥有多个属邦。

8　原诗是克龙四诗体，每行由前长后短两句构成，一共四行，音节数构成大致为"五二/五二/五二/五四"。在汉语诗歌中很难找到对应的形式，译文只能采取近似原则以符合汉语诗歌的审美习惯。

国中男女，胸有文墨，
一曲《帕罗》，咏叹人杰；
缓缓吟来，声声入耳，
丝竹妙音，令人心悦。

世间颂歌，无数妙曲，
帕罗颂歌，无与伦比。
丽藻加饰，沁人肺腑，
恭呈圣上，吾王福祉！

英武的曼颂王，统治西方颂国。王后文乐，美若天仙，贵为王女。妃嫔宫娥，个个娇丽。贤臣满朝，象、马万骑。兵甲天下，骁将护御。属邦众多，皆有盛誉。王有储君，名号帕罗。接续大统，王中翘楚。

松国国君，平皮萨柯。九五之尊，傲踞东隅。松、颂两国，实力匹敌。王有爱子，名号皮采[1]，英勇无比。王子长成，遂命问亲。适有王女，配为子妻。达拉瓦蒂，娇媚无比。嗣生两女，双胞佳丽。取名萍、芘，如月中天，周身无瑕，万人皆迷。

话说曼颂王，召集众城主，宫廷议大事，图谋把兵举："松国国君悍，必成我劲敌，我欲征讨之，令其伏丹陛！"即刻传圣旨，三军急调集。众将各领命，国王御驾征，挥师赴沙场，率军出都城，象马有万千，铺天盖地行。

伟大松国君，闻敌来犯境，匆匆颁谕旨，火速布阵容，王驾临疆场，两军已交兵:飒飒挥长戈，锵锵舞刀锋。纷纷掷长矛，唰唰如雨倾；左翼正相持，右翼已交锋。刺杀拼武力，骁勇搏先机。呐喊震天响，火弩声轰鸣。弓箭

1　皮采：皮采皮萨努功之简称。

齐进射，兵卒拼肉搏。长矛对长矛，战象猛撞击，战马混纠缠，踢踏腾跃移。颂军步步逼，压向松国主。松王身中刀，象颈俯身毙。众将拼一死，护驾突重围。逃入王城中，急将城门闭。

松国立新君，诸事待料理：礼葬先王毕，再谕二爱女：帕萍与帕芃[1]，且伴太后居。两名贴身婢，聪慧又机智，赐名仁与瑞，侍奉在朝夕。国王与王后，移驾中宫居。

二 帕罗俊貌[2]

那时节，威武曼颂王，为子问姻亲，求取吉祥女。公主拉莎娜[3]，配为帕罗妻。赐予宫娥嫔，内廷万事齐。未久王驾崩，帕罗遂登基，华容称绝代，仙凡叹不已，青年俊彦王，天下谁人及？

疑是因陀罗[4]，英姿照人间，博世人赞叹。

腰肢圆而纤，身材修而长，仪态万方。

华貌盖三界[5]，俊逸叹绝伦，焉不动人心？

美名播天下，各地游商贾，纷纷传佳话。

---

1 "帕"：是国王、王后、王子、公主名字的前缀，也用于宗教教主、僧侣、教士称谓。
2 描写主人公的美貌是泰国古典诗歌中重要的"味"构成，居于四"味"之首，称作"赏颜味"（rasachomchom），其源头很可能是借用自印度文学中的"艳情味"。从功能上看，这种对美的极致刻画，不仅在诗歌情节内部，也在听者或读者的审美经验上，构成"情"升起的原因。因此，它在以爱情为主题的泰国古典叙事诗作中是首要的诗味构成。
3 拉莎娜：即拉莎娜瓦蒂之简称，拉莎娜瓦蒂是另一城邦国家的公主。
4 因陀罗：印度神话中的天神之王，能随意变形。
5 三界：佛教术语，指欲界、色界、无色界。

皓月挂当空，无缘见俊王，观月代帕罗。

目似鹿儿眸，双眉黛而弯，恰如弓满弦。

颊如凝滑脂[1]，双耳若莲瓣，观之何粲然！

鼻峰俊而挺，造化巧变幻，爱神情钩般[2]。

鲜唇润盈盈，画笔难描点，非笑似笑靥[3]。

下颏美而巧，颈圆如旋削，撩人双肩俏。胸阔若雄狮，双臂似象鼻，十指修长甲，润泽似柔荑。莲足至青丝，处处惹人迷。

帕罗俊貌，人人传唱，
声闻天下，名扬各邦。
思彼华颜，枉自神伤，
痴男怨女，空断愁肠。[4]

1　此句原文将面颊喻为缅甸波漆果。该果金黄色，果皮细腻有光泽。
2　"爱神情钩"：此句意指印度神话中爱神手中的钩子，把有情之人钩到一起，使之相恋。
3　此前九段从"疑是……"到"……笑靥"运用的是克龙二诗体，泰文原诗每节诗由两个长句和一个短句构成，音节数构成大致为"五五四"。
4　这一部分对帕罗美貌的描摹，在泰国古典宫廷诗作中堪称典范。仿佛临画一般将描摹对象从头至脚仔细形容一番，是泰国诗作中写人的惯用笔法，它在古典诗歌后期的发展中虽然有日趋模式化之弊端，但是在《帕罗赋》中，它却正处在最为生动的阶段，"莲瓣""波漆果""爱神情钩""旋削"这些比喻，不仅不令人感到陈旧呆滞，反而觉得新颖生动，充满着当地的异域文化特色。

三　痴情公主

帕罗俊貌，闻遍松城，
美名传入，姐妹[1]耳中。
相思日重，乏力如藤，
深闺期盼，翘首聆听[2]。

帕萍帕芃，忽生疑虑，
心中思量，揣摩消息：
"莫非是计[3]，诱我痴迷？"
花容憔悴，胸中积郁。

娘仁、娘瑞[4]，入殿拜见：
二主愁容，似有病颜？
平日花容，皎如明月，
"何事忧伤？容婢纾解。"

"身体有恙，尚可药救，
奇症怪疾，谁人可医？
心生严疴，莫如一死！

1　姐妹：此指帕萍与帕芃二位孪生公主。
2　此句指聆听官外流传的有关帕罗的消息。
3　计：指"诡计"。在十五世纪左右，阿瑜陀耶政权和周围政权之间战争不断。史料显示，德莱洛迦纳王至拉玛提波迪二世在位期间，阿瑜陀耶同清迈之间曾进行了数年的间谍战。正如诗中后来情节所展现的，乔装成敌国百姓的样子，进入对方王宫打探消息或是取得王室的信任，是当时惯用的计谋和手段。
4　"娘"：泰族古代女性无论婚否，名称之前一律加"娘"，男性名称之前加"乃"。

侍姐[1]只待，葬我二尸。"

"奴婢不解，二位尊主，何出此语？

"何事不如意？但请告奴知，担待有奴婢。"

"此苦比海深[2]，倘被天下知，颜面如何存？此羞不可遮，莫若求
一死，免被世人讥。侍姐休再问，悲楚难言尽，如若肯见怜，莫触我
伤心。"

"愿奉奴性命，甘做主亲信！殿下出此言，显见不放心。莫非两公主，
不再怜奴身？"

"宫外传闻，声声不息，
何人美名，赞声鹊起？
侍姐不闻，莫非睡去？
自去思忖，休再问疑！"

"奴的殿下！切勿烦忧；
愿效犬马，好事成就。
定教俊王，来述淑女，
巧通款曲，略施计谋！"

"羞惭甚！有悖伦常！
岂有闺中女，私邀情郎？

---

1 侍姐：古时泰人对用人年长者亦以兄、姐称之，如中国古代"丫鬟姐"之称
   谓。深居宫中的少女，即使有心事也羞于向外人诉说，更不用说向远在异
   国的国王传达自己的心思。于是，和才子佳人话本中的侍女一样，公主
   的贴身侍女就成了尤其重要的传话人。
2 原文是"比地深"。

宁相思肠断，命归无常。

纵无缘相见，独痴恋，又何妨！"

"此事已料定，无须多虑，

自有上佳策，不违纲纪。

定有神巫在，奴去拜请，

但须施法术，扰王[1]心智。"

公主心暗喜，嘴上千般辞："莫把大错铸！此举背常礼。恐被他人闻，损我王女仪。颜面一扫地，丑事传千里！"公主巧言语，怎骗二侍女？分明思情郎，唯忌乱礼仪。遂启公主道："殿下佯不知，皆是奴婢意。公主放宽心，定保无闪失。不能分主忧，何用留奴婢？

"待奴选亲信，乔装扮商贾，行吟到颂国，弹琴唱诵曲。讴歌公主容：国色天香女，赏心兼悦目，天下无人比！[2]

四　帕罗心动

"大小邦国无数，皆有公主，

姿颜谁能匹敌——姐妹王女。

1　王：指帕罗王。

2　泰语古典诗歌中人物的对话没有标志性的断句，而是和陈述的部分嵌在一起，读者只能通过句子人称的变化或是语气词等来进行判断。上文中，公主和侍女之间的对话一来一回非常简短，但是信息量却不少，对后面的情节起到了非常重要的铺垫。在短小的诗节中，既要符合音韵和语气，又要体现人物的身份和个性，这是非常不易办到的。但是在这段文字中，主仆双方一方遮遮掩掩、欲说还休、想要得到帮助却羞于出口，一方善于迎合、巧妙套词、心领神会并愿意担保的简短对话，将公主内心的矛盾，和仆人对主人意愿的心知肚明、对为仆之道的深谙，鲜活地展现出来。这是在一个惧羞耻、知分寸、重尊卑、善言辞的封建文化传统下，忠心的仆人在探知并帮助懵懂无知的女性主人达成心愿时，最合宜也最理想的言语表达。

帕萍芳容绝世，娇艳无双，
帕芃月貌皎皎，清婉靓丽。

"玉容仙颜堪比，天女下凡，
宛如飞天乐神，飘落人间。
惹起多少相思，盼结缘，苦无缘！
唯有含笑叹赏：福泽造就娇媛。

"多少王侯将相，城主国君，
徒有痴心妄想，思心如焚。
前世善果修成，一对玉女，
福德兼备之君，可配佳人。"[1]

咏公主芳名，四海传扬，帕罗耳畔闻。

听悠悠歌声，令召见歌者，入殿把话问。

聆萍、芃赞歌，真情难抑，心湖泛涟漪。

忐忑暗思忖："如若福缘在，当可偕连理。"

听歌者描叙，心荡神驰，将歌者赏赐，赠罗缎锦衣："感汝传佳讯，
甚合我心意。

"我当如何行，方能与佳人，同衾共鸳枕？"[2]

帕罗心生计，遂拟克龙诗，缠绵表心意：

---

1 这三节引号中的诗节都是行游歌者传唱的关于两位公主的美貌。
2 引号中是帕罗在心里的问话。

"悠悠词韵，述尽倾国貌，

美人历历在目，秋波含笑。

双媛妖娆丰姿，若芙蓉含苞，

恍惚相伴左右，与兄共度春宵。"

一手抚额头，一手揉前胸，暗语传心声。

哑谜得会意，再赐佳肴馔。歌者饱口福，辞归返故里。满面沐春风，带回好消息，详告仁与瑞。仁、瑞禀公主，公主心欢喜。

五　幻林寻仙

仁、瑞不怠慢，遍觅神巫妪。精通施药术，更兼有法力，曾试皆不爽，方才表来意："此事玉成后，定当赐厚礼。阿婆[1]享天伦，余生乐无比。"

老妪忙摇首："虽曾治恶徒，岂敢试王侯？犯上罪莫大，焉能施蛊咒？"

"阿婆服何人？可否劳荐举？我等立往请。"

"国中众巫师，个个皆知晓，居多道行浅，大事成不了。唯独有三人：我与老巫和大巫，点谁谁必往，呼谁谁必到。但有一例外，国王九五尊，福深权位高，满腹藏学识，我等岂敢扰。无力助公主，难引国王到。"

"沙明[2]三弟子，法术皆高深，奈何仙踪隐，欲觅何处寻？"妪将二女往，行至仙洞前，只身先返回，侍女入洞探。得遇两巫师，躬身拜高人，乃将情由诉，乞解救医方。所答与妪同："我辈修为浅。倘使寻常人，

1　阿婆：是对老巫妪的亲昵尊称。

2　沙明：为沙明伯之简称。"沙明伯"是音译，意译为"山林之神"。

法咒尚灵验，天子御寰宇，孰敢犯君颜？"二女闻此语，情急忙告怜："可知有何人，法术最高深，独有盖世功，术可缚王侯？馈报定丰厚，财帛堆成丘，金钱上亿两，荐者亦有酬。请看薄颜面，怜我吐真言，何方隐神仙，恳求速指点。"

觐云普天下，芸芸众仙家，谁人可堪比，林神沙明伯？仙翁启金口，生死转瞬间，呼风又唤雨，人魔鬼兽任使唤。倘欲往拜诣，我自将尔去。唯此路漫漫，宿昔难往还。今朝薄暮近，二人且回返，明晨复来见。仁瑞辞觐归，回宫禀公主，公主闻此讯，愁颜始得展。

美公主俏双媛，喜聆佳讯，
仿佛闻俊彦王，御驾即临。
似芙蓉迎日华，笑靥舒展，
又唯恐泄私情，闲言缠身。

慧公主心机敏，颜色忽改，
佯作态隐玄机，故施巧计。
将情思埋心底，不露痕迹，
中规矩藏言笑，避险化疑。

两侍女见此景，暗生疑虑，
两公主又布出，谜中之谜？
将此情禀太后，太后大惊：
皇孙女容憔悴，双眸忧凄！

请巫医巫医曰："宜速招魂！
芳魂儿已出体，飘摇入云。
徘徊在高山岭，林间徜徉，
须趁早设祭坛，明旦吉辰。"

太后闻兹凶讯，愁郁满心：
"速速去休耽延，面奏圣君——
万民主、国之魂，公主父尊！"
仁与瑞见陛下，一一禀陈。

国王陛闻此变，心急如焚：
"医师有何良方？一令照准！"
"应赴深山招魂，陛下明鉴。
医嘱请赐御象，疾驰加鞭！"[1]

仁、瑞禀奏毕，引身退下；
回禀萍、芃公主："谕旨已达。"
公主闻言喜悦，心花绽放：
"侍姐明早动身，速去求法！

"快牵御象'如风'，与风比俦，
更有坐骑'风神'，[2]名不虚留，
奔腾千里何疾！赞不绝口。
扬鞭策象飞驰，雄姿赳赳！"

鸡鸣天未晓，象夫备象忙，牵象阶台旁。

未晞辞公主："勿忘备飨礼，恭迎仙驾至。

"奴婢请辞行，未几天将明，延宕误途程。"

骑象匆匆去，奔赴茫茫路，须臾至中途。老觋遥见客，变作少年郎，

1　引号内为仁、瑞的答话。
2　"如风""风神"：皆为御象之名。

朗朗眉目秀。侍女揖少年："敢问觋安在？"老觋心窃喜，笑问仁与瑞："二姝何方来？"

仁、瑞暗称奇："何方俊公子？老觋孙儿欤？"

意乱芳心迷。但为公主故，不忍误归期。

忽而老觋现，乌发化苍颜。仁、瑞顿惊悟，法力孰可比？若得此翁助，何须他处觅。

"弃灯傍火萤，不谙灯之明，自叹学未精，唯汝不知情！"[1]

请觋先登象，二女驭象从，三人同路走，迤逦趋葱岭。长望路漫漫，山峦多蜿蜒。穿芦度香蒲，石茅参其间，葱葱印楝林，郁郁生紫檀，错落龙胆香，雾障担龙天[2]。娑罗[3]凌云雾，林茂草木繁，蜿蜒藤蔓绕，风来叶翩跹。簇簇群芳盛，万卉竞吐妍，含苞唧嫩蕊，金果引垂涎，百香惹人醉，翠叶虬枝干。

三人行未久，已临山脚下。猿猴猢狲闹，鬼哭似狼嚎。毛骨悚然立，心惊胆魄寒。猛虎踞旁径，犀兕横中间，野牛穿林过，沿途啃草木。熊罴行俟俟，牝象徐徐步，结队从牡象，难以计其数。蛇虺吐毒芯，花蟒缠牛犊，羚羊惊奔走，蹬蹄跃岭出。深山藏异兽，幽谷纳希禽，老觋无惧色，泰然入幽林。

可怜仁与瑞，瑟瑟心战栗，加鞭追将去，紧随老巫觋。满眼水泊湖，山

1　引号中为老觋的话。
2　担龙天：担龙天料木（Homalium damrongianum），泰国植物名。
3　娑罗：多花娑罗双（shorea fioribunda），泰国植物名。

涧溪流清。万鳄攒头窥，水象[1]击人影，人鱼[2]甩长发，缠定行人颈，倏忽拽入水，以发勒毙命。巨木枝头高，忽闻短耳鸮，丁杜[3]呢喃语，鸥鹇双哀号，长鸣震幽林，行者心惊跳。老觋嘻嘻笑，笑语慰二女：卿且勿惊惧，此景皆幻影，吾师戏作法，弟子咸无惧。策象上山岭，未久抵仙居，老觋下坐骑，仁、瑞追未及。老觋独入穴，谒师沙明伯，举臂俯地拜，因由道仔细：

"公主愁万缕，差遣两侍女，前来叩仙机。"

仙翁告弟子："但唤二女入，嘱其毋惊怵。"

觋传仁与瑞："尊师命速请，入内见洞主。"

忽见猛虎座前卧，花容失色拜于阶。

定神睹猛虎，倏忽化硕猫，花斑惹人爱，周身华光耀。抬头见尊仙，眉睫两苍苍，俨然一老翁，发鬓皓如霜。忽而化少年，貌美好身段。身修丰姿显，风流一笑间。须臾变壮年，英挺身矫健，谦谦一君子，风度自翩然。二女呈厚礼，一一献尊前。遂致公主意，代主拜圣仙。

"公主愁思千万里，唯有尊仙翁，能解相思疾。

"朝催奴启程，来此谒仙翁，为主医心病。

"美事若成就，金银堆成丘，珠宝样样有。

"爱焰炽如焚，但求见帕罗，起死可回生。"

1　水象：泰国神话故事中的水生动物，类似蛟，行人水中倒影若被其击中则行人亡。
2　人鱼：神话中的人身鱼尾兽。
3　丁杜：一种鸟，此处是音译。

仙翁缄金口。只待入禅定，便宜观端由：此事当助否？须臾皆了然：前世业缘就。功德未圆满，今生劫难有。三人将速亡，因果报当头。帕萍与帕芃，前世勤祈祷，期受我庇佑，今当酬其劳。仙翁出禅道："休言多报偿，回宫去禀告：我将亲造访，今日或明朝。"

二婢感翁言，欣喜拜连连，出语谢仙翁："仙翁一席话，仙露饮百升，万端愁与苦，瞬间尽消融。

"却道来途中，险凶四面围，鸱鸮声声恶，鬼魅频作祟。还望倚福泽，保我平安回。"

仙翁盈盈笑："二位美淑女，此事勿心焦！——

"日落西山前，出林速返还，回宫禀公主，心事向翁言。"

仁、瑞忙起身，欣然辞圣仙，与婗同驭象，迤逦山麓间。重识来时路，顾盼不停闲。琼枝交玉叶，胜似仙宫阙。红花一簇簇，恰如石榴珠[1]。碧叶万千树，宛若翡翠玉。黄花闪金光，白花撒珍珠。风光千般美，处处惹人醉。渐入幽谷中，草木更葱茏，缤纷缭人目，好景幻无穷。天籁耳边回，百鸟花间鸣，唱和林木间，婉转缠绵声。

红鹦八哥与噪鹃，黑领椋鸟声正喧；鹩哥成对儿叫，桑早普罗兜[2]。黑卷尾，赤领鸟，懒将燕鸥瞧。苍鹭啼相思，鹊鸲尾扇翘。麻雀与鸬鹚，燕莺与鹳鸟，孔雀展翠屏，锦翎轻轻摇，引来雌雀众，鸟王[3]身边绕。金

1　石榴珠：泰语中管红宝石叫石榴石或石榴珠。
2　"桑早""普罗兜"：均为鸟名，此处为音译。
3　鸟王：指孔雀。此句言众鸟围绕孔雀，如汉语之百鸟朝凤。

鹿[1]双双依，泽鹿[2]觊爱侣。良禽美兽多，花草伴虫鱼。龟鳖潜水底，虾蟹无数计。百鸟齐翱翔，天鹅凌波浴。鸭游水中央，鹈鹕蹚水戏。水鸭卧孵卵，莲鸟[3]莲枝栖。蜜蜂醉花间，贪将花蕊吸。芙蓉千百色，枝枝争艳丽。红莲灼人眼，白荷倩影碧，蓝粉相辉映，青荷间紫蕖。阴森来时路，须臾美无比！仁、瑞出山林，驰象趋王廷，及至宫殿外，为主先招魂："魂灵返主身，守护我主人。灾难不得近，疾患永不侵——[4]

"——心想事竟成，好运速成真，勿负有情人……"

且说两公主，奁礼悉备全：梁楹挂华彩，金榻摆中间，御座披黄缎，锦枕绣花垫，罗幔掩珠帘。采百花，荟其间，香麝氤氲袭人面。珠宝代米粮[5]，金银铸花坛[6]。百味陈珍馐，美酒引垂涎。

仁、瑞祝未休，仙翁倏然至，遥见近宫宇。

1　金鹿：金色巴利鹿。
2　泽鹿：雌性泽鹿。
3　莲鸟：鸟名，意译。
4　上文情节中包含了全诗最浓墨重彩的写景段落，主要以莱体诗歌写成，充满了魔幻色彩。侍女入山和出山时，山林中的景象形成了鲜明对比，从而衬托出居住山中的老仙人法术之高深。

　　森林中的美景，是泰国古典诗歌的重要描写对象，也是诗人的灵感来源和情感寄托。古典绘画中，山林以及遍布其中的花木鸟兽也是重要的场景和图像语言。泰国古典诗歌中的森林景象是一种观念化了的想象图卷，和绘画相似，它讲求的是描摹对象种类的丰富性和色彩的明艳性，在语言表现技巧上，它惯用的方法是，尽可能多地列举各种动物、植物和花卉的名称，在音韵上对它们加以排列和修饰，以营造声韵上的或热闹美妙或恐怖阴森的效果。这些名物在现实情境中的空间方位或时间次序并不重要，诗人关心的只是它们的相互组合是否符合诗歌的押韵规则，是否能够尽最大可能构筑出音组的起伏、变换、重复或回环效果。在形象上，这些物象被诗人以类别为次序进行了大致排列，如树木、野兽、鸟、花等，用以构筑起一个各种物象交映生辉、令人应接不暇的浓烈画卷。
5　泰国古代奁礼须备米粮，此处以珠宝代替米粮，极言王家之奢华气派。
6　用金银制作的花束代替鲜花布置花坛。

忽现乌云闭日，公主心中生疑，莫非仙翁已临？急忙望空施礼。

急将二婢寻，抬眼见远影，渐行近内庭。

宫娥鱼贯迎，仁、瑞下象来，俯拜萍与芷。

公主左右顾："莫非仙翁到？显已见征兆！"

"定是仙家到！祖公[1]已亲临，公主不须疑！"

恭迎沙明伯，合十臂高举[2]，叩拜伏于地。

撒花扬爆米[3]，燃香点金烛，齐声唱颂曲：

"上仙尊威，昊天罔极，显现圣灵！"

公主恭敬礼拜——林神圣仙：
"仙翁但施神威，真身莫掩。
祈愿福泽广被，永葆平安，
只求展露仙容，令睹真颜。"

霎时仙灵降，真身显现：
容止俊雅，风度翩翩。
秾纤得度，华茂当年，
明眸朱唇，发肤光艳。

1　祖公：是对林神沙明伯之亲昵称谓。
2　行合十礼时，双手合十高举过头是表示对神佛恭敬有加。
3　爆米：即爆米花。请神仪式上要以爆米花铺撒地面。

萍、芄睹仙容，惊叹不已，
合十行大礼，俯首叩地。
飨礼悉呈上，乃启祖公：
"拜请圣尊神，望祈受祭！"

心迹溢言表，仙翁感其诚，
暗怜痴情女，决意牵红绳。
祭礼悉受纳，姐妹喜盈盈。

萍、芄叩拜仙翁，恭行大礼，
遂将满腹愁肠，一一倾叙：
"但求祖公助力，脱离苦海，
切望夙愿得偿，美满如意。

"来日将奉上：珠宝九千万[1]，
黄金与白银，牛车悉载满。
白牛镀金角，天鹅猪鸭鸡，
美酒并香米，报恩表心迹！"

仙翁闻言道："勿令蒙羞！
莫以牲礼贿，为我深恶！
精诚心所至，万金难买，
愁苦自然消，何须多虑？

"岂无饿死鬼，佯装神明？
辗转天地间，为乞供奉。
巧语耍伎俩，诱人祭飨，

1　九千万：极言数目巨大。

作恶无羞颜，为裹饥肠。

"我乃山林仙，贵为山神，
世人皆尊称——'祖公'。
修得无量果，福泽绵延，
享年千万载，看沧海桑田。

"无边法力，乃福泽造就，
行善积德，脱尘世烦忧。
财富绵延不绝，似江河长流，
奇珍八方来聚，皆世间罕有。

"一见两公主，心生怜意，
自当施援手，切莫焦急。
必引帕罗来，千里相聚，
毋须自怨艾，且待佳期。"

萍、芘稽首拜，急急发问：
"尚需几多时，可会圣君？"
仙翁缓缓道："彼乃福王，
高居万人首，岂比寻常？

"身旁法师众，善解咒语，
若问功成时，须待良机。
但须勤用力，事必谐就，
难逃我掌心，王必临幸。

"公主且宽心，倘若久不临，遣使来报信。"

赐赠仙露水，着令浣青丝，仙翁遂辞归。

遥望仙翁影，去去一阵风，转瞬逝无踪。

六　神魔幻术

须臾返仙居，取竹枝，编风球，刻人偶：帕罗居中央，萍、芄倚两旁，风情千万种，引邀俊彦王。风球沿边写符篆，大树七人合围粗，双目凝之频念咒，招手引树弯，枝头乖乖伏眼前。

巨木听召唤，帕罗神难安。仙翁执风球，牢牢系树端。倏忽轻放手，树端顿回弹。虬干复矗立，风过枝叶颤。风球随风旋，犹似飞轮转。咒术不止歇，俊王神思乱。

帕罗入酣梦，幽会萍与芄，
佳人卧两侧，相戏鸳帐中。
玉臂腰间绕，摩挲轻抚弄，
频频相邀约，使赴松国城。

一觉梦阑干，醒来嘤嘤泣，郁郁徒呼唤。

帕罗相思心欲碎，一梦消得人憔悴。六宫嫔妃窃窃语，相顾问疑遍宫闱。太后得消息，顿时焚五内，立往探爱子，果见神色摧。切切急发问："王儿何因为，形色枯暗面如灰？"帕罗禀慈母："今晨忽惊寤，心潮难自已。昨夜残梦在，亲睹两公主，合欢在帐内，嬉戏耳鬓磨，相拥频招引，邀我适彼国。心火难平复，无缘空伤悲！母后开洪恩，准儿赴期会。"

一番痴言语，句句刺母心，
晴空响霹雳，五脏俱皆焚。
双目如泉涌，泪水流涔涔，
哀痛难休止，涕泣不成声。

捶胸呼爱子："儿是母后心！
儿运遭此厄，未知缘何因？
国中多金银，珠宝数不尽，
倾尽天下财，为儿医病身！

"乃盖[1]！速速出宫。
召星相大臣，不得有误！
药师、神汉，天下寻遍，
巫觋、巫妪，解王疾患！

"乃宽！速传口谕：
百官群僚，齐来助力。
林中猎户，把仙药寻觅，
着令司库，将番药购入！

"耗尽国之金库，倾尽本宫私蓄，
只求觅得良方，保国王无虞！
纵使财源枯竭，财产尽失，
能保王儿安康，母心欢喜！"

个个寻医问药，四处奔走，
谨遵良医妙策，回春高手。
帕罗终被唤醒，乌云消散，
医者皆得重赏，人人有酬。

太后愁结已解，心花开绽，

1　"乃盖""乃宽"：乃盖与下节的乃宽都是帕罗王的贴身侍从。

王后携同嫔妃，愁眉舒展。
百官万民同乐，欢声笑语，
君王心神守正，脱离痴迷！

玉人空盼望，音讯杳渺，心如烈火烧。

遣使问仙翁，（对曰）"彼国神巫众，能解我法宝。"

取来三角旗[1]，加倍画咒符：帕罗居中央，萍、芘两侧依，紧拥俊彦王，引拽赴约期。又择担龙木，虬干九合围[2]，仙翁吹法气，大树缓缓弯，角旗插枝头，一弹巨木立，枝叶簌簌摇，高耸入云际，风过旗招摇，咒语随风飘。帕罗中符咒，二姝影复现，殷勤轻抚慰，历历在眼前。[3]

帕罗倍痴迷，情影频召唤，邀约适松国，后宫会淑媛。俊王神游离，情动心恍惚，周身微颤抖，痴痴朝东觑[4]。宫人传消息，太后惊闻讯，速往探爱子，涕下泪如雨。促膝拥入怀，饮泣声声哀。何忍睹儿面，俊颜失光采。沉痛摧五内，哽咽不成声。捶胸长悲叹："可怜母心肝！

"儿病母哀伤，如山压心间，
孩儿早康复，为母始得安。
今见儿愁苦，犹甚数日前，
为母哀陡增，天塌压胸前！

"世间众生多，母心独忧儿。
唯我母与子，生死永相随。
却是何缘故？致儿恁凄楚。

1　三角旗：锯齿状三角旗，泰国古代战旗。
2　此句意为九人合围之粗大树干。
3　这段是仙翁施的第二道法术。
4　朝东觑：松国位于颂国东方，所以向东看。

我儿若有虞，母伴黄泉路！

"乃宽和乃盖！速去寻医方！
何处医有名，逐个去寻访。
一一带入宫，疗治我圣王，
快去莫耽延，为主显忠良。"

寻遍江湖郎中，妙手神医，
踏遍座座青山，寸寸土地。
个个束手无策，摇首叹息，
太后惊疑莫名，苦无良计！

乃诏群臣百官，朝中议事。
令垂帘高卷[1]，亲下懿旨：
"国王万民之主，贵体有恙。
百药千方难解，作何计议？

"求医寻觅高人，仔细探访，
或有圣医妙手，曲隐深藏。
尚有何计可想，速速思量！
倘有良策可行，但行无妨！"

群臣悉受命，纷纷寻高人。闻有西提采[2]，远栖深山林。通晓奇幻术，善使咒与符，法术超常辈，威力慑鬼神。太后下懿诏，迎迓接入朝。乃行拜火礼，祭神频祷告。作法念符咒，巫术祛心魔。沐身以灵水，身轻神舒爽，再服仙丹膏，浴发沐周身。布防三层围：天神护御内，罗刹守中层，鬼

1　古代泰国宫廷法制规定后妃召见大臣须垂帘议事。此处太后命卷起垂帘，
　　置宫廷仪礼于不顾，足见其焦急之至。
2　西提采：神巫之名。

军把门外。空中幽灵聚，四面八方护。乃置大犒赏，招聚帕罗魂。太后赐重赏，施与西提采。随行众医官，皆得赐衣裳。——犒赏毕，功高护国王。

可怜痴情女，公主萍与芷。
不见意中人，愁郁焚心胸！
未知君王意，可与妾意同？
相看两无语，泪眼已蒙眬。

遂遣两侍婢，急切速启程，
求问何缘故，不见君王影？
二仆谒仙翁，恭谨盈盈拜：
"未知帕罗王，何日至松城？"

仙翁参禅观，即刻知端由：
"彼国有高人，破我灵符咒。
泛泛巫觋辈，难与其比俦，
待我使奇术，与之再交手。

"休怨郎来迟，只须不数日，必迎君王至。"

潜心呼诸神[1]，诸神齐来应：点水步凌泉，飞身出山洞，穿林越重岭，纷纷谒仙翁。各处众弟子，座下听号令。森林守护神、西婆罗拉沙[2]，受命为统领。兵卒无计数，鬼怪齐上阵。天兵与天将，各路领鬼兵，坐骑为百兽，象虎狮熊犀马牛。鬼魅多变幻，形容万千种，人身禽兽头：黑鸦、秃鹫、象虎、鹿牛。操戈挥利刃，跳跃呼啸走。响声震大地，摧木卷砂石。遮天蔽白日，杀气慑地祇。兵备待时发，仙翁军令下，分派迷魂药，巧布降敌法："依计发神兵，击溃护城神，破他灵丹药，巫咒难护身。彼

1　诸神：此处指守护山林的诸位天神。
2　西婆罗拉沙：湿婆神的侍卫，印度教中的小神。

师[1]既败走，乃将槟榔投[2]，槟榔越长空，帕罗含入口，请来会公主，令其夙愿酬。尔等切记牢，遵令勿违拗！"[3]

> 深山圣仙翁，号令神鬼军，
> 千军腾空起，来势何汹汹。
> 遮天蔽白日，魑魅呼啸行，
> 凌风驾云雾，飞驰行匆匆。

> 鬼兵气焰高，堪比摩罗[4]军，
> 卷石摧草木，狂飙过山林。
> 倏忽大兵至，遽临颂国都，
> 守城群鬼惊，奔走传危讯！

城鬼忙集结，仓皇守城池。奈何敌师众，兵败成定局。勇将力拼杀，飞步英姿飒；懦夫忙逃窜，藏匿保身家。

> 群魔纷乱拥，咆哮闯入城，
> 挥刀斩利戟，魔光鬼影重。
> 幻化万千状，排云掣电出，
> 叱咤呼声厉，满城遍阴风。

鬼军拼厮杀，戟剑刀来架，神功接妙招，呼声惊尘沙。仙翁鬼军厉，急进势汹涌，呐喊声高亢，破敌占颂城。

仙翁鬼魅军，作法幻象生：大火起瞬间，乌烟障碧天。城鬼难抵挡，

1　彼师：此处指帕罗都城的护城鬼军。
2　槟榔投：投槟榔，泰国古代巫术之一。施了蛊咒的槟榔可以飞越长空落入槟榔盘，吃下之后，便会中蛊。东南亚其他国家亦有此巫术。
3　这段开始是沙明伯召唤神鬼大军，攻打帕罗一方的护城鬼军。
4　摩罗：印度宗教神话中的恶魔。

借风报灾殃。风声呼啸过，巨响震洪荒。护城神大惊，王城岌岌危。凶相呈四野，城柱 [1] 几崩摧。昊天泛黄光，青烟布苍穹。天神 [2] 各惊惧，仙翁逞威风。西提 [3] 睹异象，深知大难降。静心入定观，知是鬼魅狂。遽奏禀太后，太后闻而惊："欲防防无术，束手承祸殃！"哭诉声声悲，捶胸泪横流："可怜我王儿，今朝孰可救？

"敢问尊仙师，此为何缘故？
祈请开法眼，参禅观机枢。
可怜我母子，无奈求相助，
倘能渡危厄，江山半赠汝！" [4]

西提参禅毕，叹息力难逮，
"彼有神明助，鬼兵蜂拥来。
更兼法咒厉，频施破我术，
松国护城军，一溃节节败。

"尚存坚战者，心知气数尽，
护城神与鬼，纷纷败下阵。
吠陀真言咒，法力俱已衰，
愧无回天术，击退仙翁军。"

可怜王太后，帕罗慈悲母，
惊闻西提言，绝望无以复。
不禁放悲声，声嘶力已竭，
百劝难歇止，涕泣泪如注。

1　城柱：原文是"都城心脏"，亦有"都城支柱"之意。
2　天神：此处指守护松国之天神。
3　西提：巫师西提采之简称。
4　引号中是太后的问话。

城鬼[1]弃城走，外鬼[2]入城来，仙翁号令下，（颂国）护法尽失灵。千里传捷报，报与沙明伯。仙翁闻捷讯，乃抛魔槟榔。槟榔穿云霄，瞬息抵颂城，飞入纱橱内，金盘落无声，待同贡果出，终到帕罗手，撷之含入口，顷刻发药性。复生相思苦，苦念萍与芷，空恨无计出，愁肠百转痛。[3]

七　帕罗辞母

帕罗遂起驾，后宫谒太后。
俯伏行大礼，莲足置于首[4]：
"儿臣囿于宫，身心俱疲累，
拜辞圣母后，林中一畅游。"

太后闻王言，循循问因由：
"告母以实情，几时要出行？
一应神鬼巫，护君已乏术。
施尽巫法咒，可惜功未成。

1　城鬼：守护颂城之鬼军。

2　外鬼：外来之鬼军，即仙翁派来攻城的神鬼大军。

3　纵观全诗，这一段两国间巫术和鬼军交锋的情节，甚至比人的军队交锋的场面，还要更加显得壮观和精彩。强烈而丰富的魔幻想象，是泰国古典诗歌最重要的也是最体现民族文化特色的构成部分。从在文学作品中承载的功能来看，巫术或魔法往往是造成人物困境或生成情节矛盾的手段或原因，它既是诗人制造矛盾的重要工具，也是解决矛盾的必要手段。沙明伯的巫术帮两位公主实现了心愿，但同时也造成了帕罗的困境，甚至把他一步步引向死亡的边缘。从魔法巫术普遍的文化内涵来看，它们是人类的原始信仰、心理及行为法则的符号化体现。诗段中的"风球""三角旗""魔槟榔"是东南亚地区常见的原始萨满巫术符号，而"曼陀罗""罗刹""夜叉""吠陀"则体现着外来的印度教、佛教信仰影响的痕迹。不过在这部作品中，后者显然要比前者的力量微弱得多。

4　把母亲莲花般的双足放在自己的头顶，言敬重至极。

"敌国神鬼军，攻城气势汹。
幻术魔法咒，如网布重重。
一朝儿出走，弃母离王宫，
母心支离碎，归阴丧性命！"

辞宫未获准，帕罗暗伤神，
坐卧心难安，郁郁自愁闷。
高居九五位，不恋江山美，
独吞相思果，幽幽念佳人。

王后殷勤侍，伏身近夫君，
手捧王双足，高举触发髻[1]。
妃嫔两旁立，频频摇翠羽[2]，
慈母搂怀中，好言相慰藉。

奈何情已深，相思丝难断，
却入梦中寻，频把佳人唤。
悠悠魂梦深，寂寂无应声，
此恨何堪受，唯欲诀人寰。

觉来悲愈甚，复生去国意，
假言巡山林，赏木捕象麇。
"儿欲游郊野，逐兽猎美禽，
怡情崇岭间，悠游探奇珍。"

太后闻此语，心下暗生愁：
"口中辞切切，假言入林游。

---

1 王后伏于御座之前，抬起帕罗王的双脚放在自己的头顶上。
2 翠羽：用翠绿羽毛制成的执扇。

心内怀别意，择机会佳偶，
去意坚至此，安将我儿留？"

重臣与祭司，受召齐来聚，
太后告群臣：国王决意去。
星相大臣奏，直言抒己见：
"君意既已决，劝止恐无益。"

巫师西提采，启奏王太后：
"纵然神仙劝，君心亦难留。"
大臣各表奏，悉言无良策：
"唯应遣使臣，探风赴松国。"

太后感兹语："卿奏合我意！他计无可施，此法唯可取。"

复至罗王宫[1]，对子敞心声："我儿怜母心！

"适才母听闻，儿欲游山林。料此非真意，或恐怀他心。但以实情告，
母子应开诚。"

"儿实别有图，欲陈母后知，又恐遭劝止。"

"欲图何方物？皆为儿求取，何曾忤儿意？

"若然合义理，固当成全汝，寡母当怜孤。"[2]

"儿臣慕佳人，松国萍与芘，但期睹真容。"

1　罗王宫：指帕罗王的寝宫。
2　言帕罗失怙，寡母倍加怜惜孤儿。此后为太后与帕罗对话。

"此愿诚难遂，若准儿赴约，王儿焉得归？"

"此番别高堂，得会两公主，急速返故乡。"

"我儿此番去，焉得平安返？
鹿投猛虎口，性命岂能全？
闻儿出此语，为母徒奈何。
回肠百千转，苦痛心熬煎。

"母后有一计，盖当合伦常，
丝毫无阻碍，易行如翻掌。
遣使赴松国，备礼求秦晋，
明媒娶佳姝，迎归储椒房。"

"此法固成理，所费时日深，
亦恐公主父，惜嫁迳无门。
区区寸尺书，千里意难传，
不若儿亲往，疾速易成真。"

"我儿果若去，焉保全身归？
必遭囹圄苦，性命临灾危。
彼土魔药甚，巫蛊幻术高，
人恶鬼亦厉，妖魔作福威！

"今朝凶相现，灾殃迫帝宫，
鬼魅临空降，哀声满都城。
使儿今别去，不复返朝中，
母后难苟活，身同帝业薨！

"忆昔儿父王，举兵犯松土，
刀劈松国君——萍、芃先祖父。
大仇既已结，彼方定思报，
今朝施咒术，诱儿赴亡途。"

"因果轮回转，业报无止息，
生死从业力，定数几曾移。
善业有善报，修者常安乐，
孽债必抵偿，恶果焉可避？

"诚知去无返，命殒不足惜，
宁肯坠地狱，万劫何所惧！
情知享王位，堪与天堂比，
奈何心意决，定要辞母去！"

太后闻儿言，怆然捶胸泣：
"为母苦相劝，盖已成空语。
岂料夙业造，因果已注定，
明知大祸临，痛惜苦无计。

"遥忆当年事，犹记祈子时：
斋戒满七天，精勤无废弛。
开仓布施广，功德与天齐，
遂怀麒麟儿[1]，如愿心欢喜。

"十月怀腹中，孕育帝王胎，
百般勤呵护，毫厘无懈怠。
一朝始出世，呱呱坠人间，

1　原文是"有德行的男孩儿"。

受洗净儿身，酣睡慈母怀。

"亲手哺三餐，须臾身不离，
不假他人手，唯恐出差池。
爱子惜如命，顾复倍仔细，
无时敢疏忽，直至能自食。

"悉心备餐饭，亲手烹饮食，
慎微杜疏漏，误失无毫厘。
食物百千种，一一皆细察，
弗与他人办，事事亲料理。

"自幼谆谆教，诲儿辨是非，
年岁日渐长，终至成人魁。
今朝登王位，受命君天下，
宁将弃亲母，孤独伴苦悲？

"生年独一愿，倚儿享荣福，
身后遗寒躯，靠儿葬入土。
忽闻儿将去，决意弃亲母，
他日由何人，为母焚尸骨？

"苦心拦去意，苦口相劝止，
奈何志已坚，教诲成空语。
慈心唯自哀，骨肉忍分离，
残生泪为伴，长恨无绝期。

"何业造孽果？亲子执意去，
痴心无二物，但求会佳侣。
忍将寡母抛，孤独守愁绪，

别时唯多顾，聊解寸心凄。

"一顾香腮颊，额际发痕[1]青，
再顾朱唇俏，双眸秋水盈。
三顾如月庞，百看看不厌，
我儿禀俊质，且教为娘吻。"

一吻玲珑鼻，沁香无以比，
再吻颈与额，心酸不忍离。
三吻儿胸膛，健肌与美乳，
藕臂至双胁，复吻肩与背。

骨肉难割舍，吻遍爱子身，
帕罗掌合十，行礼谓母亲：
"伏唯乞母后，赐我顶髻吻[2]，
亲儿颊与鬓，为儿饯远行。"

"呜呼我王儿，可怜为母心！
宁愿捧莲足，顶礼拜国君。
所求既区区，何致不应允？
唯冀吻儿足，以兹饯远行！"

"母后且慎言，切莫降纤尊！
遗儿不肖名，罪孽犹倍增。
养儿本不易，诲育恩更深，
滴水未曾报，累母枉苦辛。

1　发痕：即绞掉细绒毛发后留下的头皮青痕。旧时中国已婚妇女也有绞脸的
　　习俗。
2　泰国人认为头顶是最尊贵的部位，只有头顶才值得母亲亲吻，亲吻其他部
　　位，有失母亲的身份。

"或恐业报定，终须别慈母，
或恐前世孽，引我离故土。
母恩未及报，还将慈意违，
岂非巫蛊术，教我心智摧？"

彼时颂国母，心中何凄楚！柔肠几欲断，寸心几欲碎。忍悲告爱子：
"呜呼我王儿！爱儿胜己身，爱儿胜己目。头颅不足惜，身死亦何惧。爱
子将远行，别母去故土。勿忘七王德[1]，母训当谨记：身份不得忘，王德不
可弃。疏漏不得有，伪佞尽远之。行事当三思，出言斟字句。国事秉公办，
民心不可欺。内忧外患除，普天同欢愉。明察各枢要，以理服臣僚。不为
假相蔽，鲁莽易失道。防卫当固牢，攻击宜巧妙。用人知根底，择臣唯忠
孝。励民勇无畏，除恶剿乱贼。以法绳万民，护民攘外危。除恶当除苗，
摘果勿抢早。套马不二缰[2]，治人莫挟要。勿遗害身后，勿惹人暗咒。亲民
使人爱，勤筑普度桥。功德圆满时，众神颂美誉。良言须牢记，常念莫疏
离，切记遵训诫。纵使天地崩、空劫[3]灭，荣耀永留世，吉祥永相偕！

唯祈祥瑞降，威德万年长，
苦忧一扫尽，无病远灾殃。
神威无人挡，仇敌皆败亡，
安乐长相伴，终年无愁伤。

"但祈会佳姝，如愿缔良缘，
但祈勿沉迷，美色不贪恋。
但祈念母训，谨遵不遗忘，

1　七王德：这里阐述的王德远不止七项。原文如此，照译。
2　此句意即不要给马在两侧套上两条缰绳，以致马头左右受制，无所适从。
　　引申义为管理百姓不能管得太严，以致他们没有活动的余地和空间。
3　空劫：佛教语。即成、住、坏、空四劫之末。指世界灭坏之后，再造之前
　　的空虚阶段。

但祈早日回，归位重为王！

"天空与河川，山岭并森林，
神明皆驻守，伏祈多护佑！
至上三圣神[1]，伟大因陀罗！
伏祈庇我王，不使罹祸殃。

"待到王归日，迎迓展排场，
结彩张华盖，悬幢锦幡扬。
流苏饰金烛，灼灼溢彩光，
鸡、鸭、安魂塔，还愿祈安康。"

帕罗聆兹语，恭行触足礼，俯身领训谕。

顶礼受赐福，解髻拭莲足[2]，伏拜生身母。

举臂掌合十，再拜辞太后，升殿谕臣子。

诏心腹臣："卿等皆忠僚。且代主朝纲，江山须自保。
政务勤治理，都邑守护牢。安邦恤国民，治国须有道。
百姓无怨言，外敌尽除剿。恭谨侍太后，一如王在朝。"

遂乃颁圣旨，钦令点兵将："即刻整行伍，备齐四兵部[3]。王将亲统御，
出城在翌日！"

1　三圣神:指印度教三大主神，湿婆、梵天、毗湿奴。佛教把他们看作是护法神。
2　此句意为"解开发髻，以下垂的长发擦拭太后的脚"。头和发被认为是一
　　个人最高贵的部位，脚是最低下的部位。帕罗以自己的头发擦拭母亲的
　　脚，表示无比的尊重和爱戴。
3　四兵：即步兵、象兵、骑兵、车兵。

起驾返后宫，柔语别王后："御妹¹自珍重！

"兄今辞妹去，不日再重逢，无须太伤情。"

忧郁结满胸，泪尽血流淌，双目红肿样。

再拜问夫君："焉忍弃妾身，独守空椒房？

"此去道途险，荒野猛兽多，魑魅作祟常。

"前有仇敌²俟，后有哀妻伤，双珠同失光³。

"听妾殷殷劝，王兄莫赴汤，妾身得依傍。"

"世事皆无常，轮回无止息，
善孽自分明，亘古永不易。
如影附形骸，万世随己躯，
生死由之定，因果自相系。

"别卿情何堪，中肠何凄凉，
弃偶述新俦，吉凶难知晓。
弃行岂易事？相思如火烧，
今暂别卿去，不日聚良宵。"⁴

"果若得二姝，安能念旧巢？
新侣颜无双，丽姿多美娇。

1　御妹：泰国王室夫妻间亦以兄妹相称。
2　仇敌：指世仇敌邦——松国。
3　此句意指帕罗王和王后将双双亡故。
4　引号中两段为帕罗对王后说的话。

博得王心醉，唯思风月好，
王心纵思归，二美焉肯饶？"[1]

"今朝与卿别，非为厌旧侣，
身虽远贤妻，恩爱不曾离。
莲枝采撷去，藕丝犹相系，
卿且莫悲伤，兄心永不弃。"

央告语切切，奈何成徒劳，
凄凄容憔悴，无言泪滔滔。
埋首匍匐拜，轻触君王脚，
解鬟拭莲足，吉祥永照耀。

俊王见此景，凄楚陡倍增，
轻抚好言慰："御妹休哀痛。
恐或成凶兆，逢祸在林中，
宜速止悲伤，憔悴损花容。"

劝罢结发妻，再往辞妃嫔：
"卿等悉留候，且莫枉伤神。"
群艳接圣谕，顶礼拜王足，
掩面同悲泣，难禁放声哭。

哭声与哀号，震彻后宫闱，
群臣同凄切，朝野咸伤悲。
黎庶尽唏嘘，叩胸涕泗垂，
炎都寒意透，泪雨汇江水。

举目皆哀恸，帕罗添惆怅，

1　引号中为王后说的话。

悲楚焚心胸，沉郁压心房：

"劝尔止涕泣，切毋纵哀伤，

悲苦招疾患，病久归无常。"[1]

八　林中巡游[2]

俊王稍止哀，辞毕众妃嫔。未及入寝寐，残月没天边。群星隐余晖，晨星升中天。雄鸡抖彩羽，扑翅报晓天。噪鹃鸣清远，国王更衣还。宫女奉浴汤，帕罗入池间。未几沐浴毕，金粉点香露。彩缎撩幔尾[3]，飘然垂

1　离别的悲痛是这一部分的主要基调，最感人的一段出现在帕罗与母亲之间最后的一次对话，它将母子之情与诀别之痛表现得淋漓尽致。母亲由最初的不甘与不愿，到留之不得后的不舍，再到最后彻底的绝望"残生泪为伴，长恨无绝期"，从语言到心理都刻画得合情合理。在帕罗，则是从第一次"辞官未获准""郁郁独饮恨"到情至深处不能已"复生去国意"，但他要抛弃的，不仅是盼望与他相依为命的孤母，还有期望受他荫蔽守护的后宫佳丽、满朝臣子和一国子民，君王的责任使得他不能完全依照自己的内心来行动，他的决定必定阻力重重，他的内心也同样是难以割舍的。

　　诗段对"离别之悲"这一情味主题的表现是富有变化的，帕罗与不同人物离别对话和场面，因人物关系的不同而显出差异：帕罗与母亲之间的对话是发自肺腑的至亲感言，满溢着骨肉分离之痛；与王后之间则是止乎礼式的柔语安慰；与臣子之间是关于家国大业的真诚托付。在这一系列道别场面结束之后，诗人又用一幅"炎城凉意透，泪雨汇江水"的远景画面将这一场奔入死亡的诀别做了最后的定格。

2　这是一段非常精彩且具有代表性的游林段落。游林篇，是泰国古典诗歌中非常常见的一类题材，描写人物在林间行路时沿途见到的树木花鸟及林中走兽，并借它们抒发人物心中的离愁和对情人的思念，后来"尼拉"体纪行诗的兴起便是这一创作传统的延续和进一步类型化的结果。不少文学史家认为，《帕罗赋》中这一段游林的段落已具备了后世尼拉诗歌的雏形。

　　谐音双关是这一类诗句中最常见的修辞手法，诗人利用一些树木、花鸟等自然名词与少女的某些身体部位同音异义的特点，抒发人物对心上人的思念，实现"假物思人"的目的。还有一部分同音异义名词，既能指花名或草名，也能指鸟名或兽名，通过对这些音节的重叠或交替变换，便能够营造出一幅各种动物在奇花异木间穿梭嬉闹的生动画面。

3　撩幔尾：穿着时将绊幔尾的下摆穿过胯下往后撩起，尾尖别于腰间，是泰国传统裤装样式的一种。

锦带。布幔[1]藤萝纹，腰裹金束带，上装彩绸衫，胸绕华纹缎。佩链斜肩挂，胸饰镶宝钻。上臂蟠龙钏，手戴美指环。王冠放光华，佩剑添威严。款款移莲步，狮王[2]出洞府。须臾至象台，象夫久恭仁。俊王登御象，大军浩荡出。

号角锣鼓笙，军乐齐奏鸣，响彻颂国城。

御骑名神威[3]，勇猛无匹敌，
一怒扫千军，英主独垂青。
矫健身姿美，流苏佩象背，
璎珞[4]饰象首，辔带[5]耀星辉。

帕罗握双刀[6]，赫赫显威严。
一似因陀罗，下界到凡间。
坐骑神威象，亦如蔼罗万[7]。
军阵俨然列，天兵降人寰。

队前旌幡展，象背令旗飘。王师前行疾，征途路遥遥。三军士卒众，警督并肩行，马队一字排，纵横锐气生。将官骑马上，长枪舞红缨。背上箭筒斜，马具珠光莹。骐骥英姿挺，轻步扬飞尘。傲然引颈啸，咻咻向天鸣。骑士[8]貌自威，国王亲点兵，或为千夫长，或为万户侯。锦衣何鲜

---

1 布幔：下身遮腿的装饰布幔。
2 狮王：以狮王或雄狮比喻国王或英雄是古代泰国文学作品惯用的比喻手法。
3 神威：原文御象名"帕耶采努帕"，"威武不败的象王"之意。
4 璎珞：大象额头上挂的网状珠玉饰物。
5 辔带：象夫用以牵制大象的缰绳，上面缀满了闪闪发光的金星。
6 此句意为双手握两把关刀，刀片下部带钩，既是作战武器，也是驭象工具。象战中一般将帅均使一把关刀。帕罗使两把，象征国王的威风和勇武。
7 蔼罗万：即因陀罗神之坐骑蔼罗筏孥。泰文称蔼罗万。
8 骑士：国王御封的骑兵军官。

亮，华服佩彩绶。昂首随君驾，捭阖护左右。长军迤逦行，首尾无尽头。骏马无数计，犹胜天堂骝！

　　勇将领骁兵，次序井然行，队前彩幡飘，行伍有连营。攻守分队列，昆、门[1]多随从。士卒持兵器，弓箭刀戟盾，长矛并关刀，雄姿威风凛。各路兵器全，火弩更助阵。武官骑象背，踞高多威猛。刀兵摆阵奇，"大鹏展翅飞"[2]。前后与左右，士兵重重围。国王坐骑下，刀兵[3]护象腿，护驾御林军，簇拥如层云，伴君向前行。御象华光耀，玲珑彩饰全。军列雄赳赳，装备叹绝伦。

　　放眼皆伞盖[4]，流光溢华彩。华盖[5]有九层，孔雀翠羽翎。国王仪仗伞[6]，世人皆惊叹！玲珑翠羽扇，徐风拂王面。坐骑左右边，琳琅觐见礼，金轿[7]御座椅[8]。四周精兵护，层层密密围。前方如云涌，后方似潮动，左翼刀剑架，右翼兵甲横。外围分两侧，左右布重兵。恢宏仪仗队，号角锣鼓鸣。帝释转生[9]王，率师浩荡行，世间不曾见，人寰几度闻！[10]

1　昆、门：均为古代低层官阶，由地方长官任命。
2　大鹏展翅飞：泰国古代一种布阵形式，阵形如同印度神话中的大鹏金翅鸟展翅欲飞。
3　刀兵：国王所骑战象的四条腿各有一持刀勇士守护。
4　伞盖：泰文，王室或僧侣出行所用的伞盖，圆形平顶。
5　华盖：多层尖顶伞，依爵位高低使用，有三、五、七、九层四种。
6　仪仗伞：长柄单层盖伞，圆形平顶，周边围有布帘，是出行或典仪中代表爵衔地位的仪仗。
7　金轿：四人合抬，带顶棚的御用出行工具，类似滑竿。
8　此句意指国王坐骑的左侧是臣民进献的礼物，右侧是备用的金轿。
9　帝释转生：原文直译为因陀罗王，即帝释天。阿瑜陀耶王朝以来，受到由高棉传入的印度文化影响，认为国王是天神转世，因此多以印度教大神的名字称呼国王。为了将这一文化现象保留在译文中，在翻译时对各种称呼方式做了扩充处理，一方面保留原语词汇的信仰观念，一方面使词汇所指明确化，便于读者理解。
10　这几段诗歌描写了国王盛装出行时的恢宏场面，浓缩了"御驾行军赞"这类颂赞文学的创作传统，其特征是铺陈渲染、辞藻华丽庄严，具有强烈的仪式感。

英姿俊彦王，仿如满月华，
移步在苍穹，光辉洒天下。
漫天布星斗，环绕冰轮月，
一如御林军，簇拥护王驾。

行行见村舍，田园围篱笆，
触目阡陌间，心中生牵挂：
"此刻贤王后，忧伤难自持，
戚戚哀伤情，无人为解化。

"身欲向前行，心自不舍妻，
身欲返故里，情难忘公主。
去去或回头？万般难解题！
瞻前又顾后，彷徨无所依。

"身后众佳丽，皆为我所惜，
前方法术高，教人难抗拒。
千思百虑后，不能回身转，
毅然断归心，举步迈向前。"

大军浩荡行，呵吼[1]！急速向前进，呵吼！穿越田泽万顷，呵吼！
踏遍大道幽径，呵吼！行经村野乡间，呵吼！探兵报告村名，呵吼！下
令安营扎寨，呵吼！军士依令造亭[2]，呵吼！国王驻跸其内，众臣入拜
听命。

侍卫足前侍奉，内臣左右候命。日头缓缓西沉，暮色渐近渐浓。晚

---

1 呵吼：呼语，夹在诗句中间，以增强节奏感。下同。
2 亭：国王临时驻跸的凉亭。

风徐徐拂面，悄把暗香吹送。惹起离愁万缕，还念身后故人。曾经欢爱俦侣，而今独守寒宫。"何忍将汝离弃！"多情国王抚膺：

"举头一轮皓月，似汝姣颜！
不禁浑然忘情，把汝召唤。
忽然又见玉兔，含笑遥瞰，
恨不悒郁而死，了却孽缘！

"仰望星海阔，熠熠挂穹苍，
一似后宫妃，伏惟在身旁。
今何独不见，兀自望星光，
佳丽被我弃，凄然守空房。

"君王孤独卧，抚膺清泪垂，忍中怀萧索。

"林茂花气芬，馨香似卿身，享飘散氤氲。

"见交喙双鸟，忆美人撒娇，缠兄求燕好。

"思卿不见卿，历历如花容，至爱成空！"

"盖、宽二忠仆，何故作聋哑，片语不肯发？

"烦尔两三言，聊解旅途倦，观兹乡野间：

"茅舍形何陋，怎比我城居，
敝庐无完好，杂乱不成体。
栖此陋屋下，焉能避风雨？
观之唯生厌，不若双眼闭。"

“炎热沐浊水，也可得清凉，
饿时餐腐鱼，犹能饱饥肠。
急时陋室妇，尚可解欲想[1]，
人在危难中，但求身无恙。”

“穷人采草花，执之插发鬟，
痴人迷花美，何须辨芳芬。
素蓉[2]和兰敦[3]，野花亦堪怜，
月橘[4]香远播，幽馨九里远。”

二仆相唱和，为主化烦忧，
君王口中应，内心未解愁。
萍、芃尚未见，情思难止休，
后宫众妃嫔，念念恋故俦。

英俊帕罗王，抱枕郁满肠，胸中暗悲伤。

清辉洒穹苍，帕罗颁谕令：启程趁月光。

大军浩荡行，呵吼！走过田间陌，呵吼！越过旷草原，呵吼！芦苇把人没，呵吼！象草香蒲[5]丛，呵吼！石茅白茅[6]密，呵吼！雨林落叶木，呵吼！千奇百怪树，呵吼！俊王心神爽，指点问何树？

1　欲想：原文中这是一个梵巴语借词（rāga），基本义为贪，贪欲，爱着、执着、染等。
2　素蓉：一种果实可入药的高大乔木。音译。
3　兰敦：一种花很香的乔木。音译。
4　月橘：一种泰国花名，学名月橘，汉语又名九里香。
5　象草香蒲：即象蒲香草。
6　石茅白茅：石茅高粱和白茅，又叫茅针或茅根。

林中狩猎户，木名皆谙识，逐一相告之。

识遍花木名，赞叹月橘香，真如娇妻样。

树有双栖燕，双燕正缠绵，
风吹花香来，惹我相思念。
素蓉娑罗双 [1]，唯我独钟爱，
幽香与卿同，久驻我心怀。

笑嫣 [2] 似卿颜，嫣然展笑脸，
弄果 [3] 何圆润，忆兄弄皓腕。
琼娘 [4] 垂长穗，似汝青丝垂，
情花 [5] 鉴我心，恩爱不可摧。

青青永随草 [6]，若卿永相随，
纤叶频摇曳，似卿召我归。
却睹青丝木 [7]，遥忆青丝美，
菟丝缠虬干，揽腰相拥偎。

簇簇指甲花 [8]，想卿纤指甲，

---

1 素蓉娑罗双：全称多花娑罗双。
2 笑嫣：一种泰国花名，原词字面意义为笑女郎，中文名臭茉莉。这里为照顾原词的修辞意义，采取音义结合的译法。为了修辞上的需要，下文中花草名的译法大多采用这种方式。
3 弄果：一种泰国植物，中文名仙都果。原词字面意为触动、触摸、逗弄。
4 琼娘：一种泰国植物，中文名称细穗石松。此处音译。
5 情花：泰国一种常见的灌木，开白色小花，瓣有五棱，常用来做花串。原词意为"爱情花"。
6 永随草：中文名红楝子，红椿。
7 青丝木：中文名铁线子。
8 指甲花：中文名密花使君子。

幔藤[1]叶葳蕤，宛若罗幔垂。

琼木[2]染粉霞，缈若挂轻纱，

林中秀茎草，忆昔秀颈狎。

君王林中游，沿途赏奇珍：鹭鸟[3]栖橡树，孔雀[4]弄罗香。皇鸠[5]落巴豆，苍鹭潜苍草[6]。巢鸟[7]巢连巢，鸡跃鸡冠树。竹鸟隐竹枝，朵叨[8]立朵枝[9]。蜂虎[10]惊白茅，芋鸟[11]点竹芋[12]。班雉[13]觑蒲桃[14]，棉息[15]伫紫葳。荷鸟[16]舞荷蕊，啄木[17]啄刺桐，串门儿红白鹦[18]。奇木数不尽，百鸟竞啼鸣！

1　幔藤：一种蔓生植物，直译为女子的帷幔，学名不详。
2　琼木：原词有两种基本义：一为粉色、桃红色；一为树名，或译乌墨蒲桃。另在神话中也指赡部树（生长在须弥山东的一种树）。根据泰国学者帕沃拉威皮西的注释，在古代诗歌作品中特指开出粉色花朵的树木。译者综合了原词本义和特殊义，采取谐音译法。
3　鹭鸟：泰文词"yang"既可指一种鹭鸟，又可指橡胶树。利用同音多义词的双关义，将同音的动物名和植物名放在一起描写，是泰国古代诗文中的修辞手法，本书的写景诗节中大量使用。译文尽量尝试体现出来。
4　孔雀：泰文词"yong"常见义为孔雀，另也指大花羯布罗香树。
5　皇鸠：泰文词"plao"既指绿皇鸠，又指一种巴豆蜀的植物。
6　苍草：泰文词"krasang"，中文名草胡椒。
7　巢鸟：泰文词"rangnan"，此为音意结合译。
8　朵叨：鸟名，泰文名"todto"，此为音译。
9　朵枝：麻疯树，此为音译。
10　蜂虎：泰文名tapkha，鸟名，栗喉蜂虎，俗名红喉吃蜂鸟。
11　芋鸟：泰文词"khla"既是鸟名，也是植物名。为修辞需要，此处意译为芋鸟。
12　竹芋：植物名，全称芦叶竹芋。
13　班雉：大眼班雉。
14　蒲桃：南海蒲桃 (Eugenia cumini)。
15　棉息：棉息鸟（cotton teal）。
16　荷鸟：泰文"nokdokbuo"，为照顾修辞的需要，意译为荷鸟。
17　啄木：一种鸟，中文全称赤胸拟啄木。
18　红白鹦：红鹦和白鹦飞来飞去相互串门儿。红鹦，原词是绯胸鹦鹉的别称，泰文字面义是"串门儿"；白鹦（cockatoo）。

鸦立鸦藤¹间，鸦藤绕马钱²，

鸦过鸦剌木³，群鸦啼声喧。

鸦鸟纷纷落，蝴蝶⁴枝头满，

鸦觑土蜜枝⁵，鸦戏鸦枕⁶颠。

虎眼树⁷枝摇，虎目树后窥，

赤鹿和麋鹿，鹿耳木⁸下藏。

象鼻卷竹叶，象身却不见，

象影过象枫⁹，倏忽隐林间。

猢狲树¹⁰上喧，猢狲声正嚣，

数只小猢狲，为争浆果闹。

猢狲逐猢狲，猢狲满树跑，

小猢狲儿跳，穿梭在树梢。

……¹¹

蔓草攀鱼木¹²，弯弯绕枝柔，枝头卷叶吐。

1　鸦藤：一种寄生植物。

2　马钱：即马钱子，这里为押韵需要省略末字。

3　鸦剌木：音译。一种树木，中文名不详。

4　蝴蝶：即蝴蝶木。

5　土蜜枝：土蜜树属（Bridelia）。

6　鸦枕：音译。中文名白花羊蹄甲。

7　虎眼树：字面义直译。中文名疑为鹧鸪花树。

8　鹿耳木：字面义直译。中文名榄仁树。

9　象枫：字面义直译。中文名晃伞枫。

10　猢狲树：字面直译。中文名贺氏羊蹄甲。

11　此段莱全部是植物名称的堆砌，以谐音押韵出奇制胜，没有含义，故略去不译。

12　鱼木：鱼木属植物，枝干低矮，喜近水而生。

团花正娇艳，芬芳惹思恋，但恨离卿远。

思前又顾后[1]，痴心两难绝，无计心欲裂。

九 河中占卜[2]

行行路渐远，跋涉几晨昏。迤至国境边，扎帐在密林。文武百官至，入帷拜圣君。英武白象[3]王，座上颁谕令：

"王自续前行，尔等返京城，合家享天伦。

"随王赴远途，跋涉至边城，
将士十万余，应速归乡里。
征夫久辛劳，心系妻儿娇，
王犹慕淑女，萍、芘二公主。"

臣属皆心腹，顶礼伏于地。

---

1 既思念前方的公主，又眷顾后方的王后。

2 看似是充满巫术色彩的借水流占卜的情节，实则是一段哈姆雷特式的关于"生存还是毁灭"的命运抉择。在帕罗和当时泰国人的世界观和宿命论知识系统下，个人命运的不可知性，在宗教的庇护下被予以解答：轮回业报说使得本不可知的命运具有了可知的逻辑——因果律。"占卜"是前宗教时期人类用来探知不可知命运的古老手段，它在这个故事中关键情节处的出现，一方面再次证明了这个故事的古老和本土性特征；另一方面又引起我们对它的寓意的兴趣。从情节功能上看，"占卜"只是再一次地将"业报"的不可抗拒性明确地呈现在帕罗面前。帕罗在此之前的决定，只是受到"情"（或佛教概念的"欲"）的本能冲动，那么在此刻，在一切已经明白无误，在知晓等待他的将是死亡的情况下，决定其行动的就不再单纯只是"情"或"欲"了。所以，诗歌在这里提出的是一个终极的人类话题：在确知了自己命运的前提下，自由意志该如何做出选择？

3 白象：象谱学中最为吉祥的一种，极罕见。国王若拥有白象则表明江山永固，福泽绵延。

手捧国王履，捻尘撒发际[1]：
"陛下久劳顿，何妨稍驻跸，
留歇三四日，臣等自归去。"

"三日已太久，不宜多淹留，
明晨率部归，急速返王城。
国中正空虚，日久变故生，
母后盼音讯，平安当面禀。"

十指紧相合，齐拜广福王，
纷纷合双掌，观若百花放：
"幸得福泽被，承恩沐吉祥，
圣君庇下土，众生报恩长。

"君恩何浩荡，伏乞随圣王！
及至凯旋日，护驾返国疆。
弃主保自身，莫若亡他乡，
前途任险阻，甘心保君王！"

"前方路迢迢，归思日难消，
心忧堂上母，虑怀在王朝。
众卿久辅佐，此后更烦劳，
齐心护城邦，国威不动摇。

"托尔统兵甲，象马[2]握于掌，
托尔护朝纲，内外如既往。
理政明是非，曲直当衡量，

---

1 此句意为臣子从国王足底捏下灰尘，撒在自己头发之上，表示对国王的无比崇敬。
2 象马：在古代泰国，象马是军事实力的体现，诗文中往往指代兵权。

代王奉母妻，王亲葆安康。"

御前会群臣，一一授口谕，
臣属齐领旨，膜拜跪于地。
滚滚男儿泪，滴滴鉴忠义！
"伏乞莫忘归，早日返都邑。"

"归国拜太后，代王请圣安，
转达本王语：'祈母寿且康。
王儿享福泽，整日心无忧，
俯拜母足下，诺诺长稽首'。

"再往谒王后，代王慰思愁，
但以平安报，体健无病忧。
相逢犹可待，别日已无久，
莫须枉垂泪，且待迎君侯。"

王令撤大军，分调随行兵。亲兵百余人，护驾续前行。官兵战马象，
尽皆遣回京。唤入两近侍[1]，帐中议巧计：此地留探报，暗中通消息。或[2]
谙边民性，交契结情谊。迨至交情密，告以来此意。遗之金银帛，道以巧
言语。如若有意助，方与交心事。告曰必有赠，所赠定合意。但须告以
实，无令有猜忌。王自扮边吏，侍仆盖与宽，乔扮万户侯。士官亦易装，
且化千夫长。内侍为平民，各自改名姓。称呼同边民，沿途探路径。毋使
泄军机，破绽巧掩饰。逢人当寒暄，所问答详细。自报名与姓，务使不存
疑：本自城中来，巡边到此地。淹留不数日，急速返城邑。据此答所问，
句句信为真。虚实莫可辨，闻者信其言。

1　近侍：这里指乃盖和乃宽。下同。
2　或：做"有的人"讲。

"圣王恩泽广！如此乔装计，臣等得护庇。

"陛下急欲行，轻装宜简从[1]，二仆[2]护王身。"[3]

走出森林口，行近彼边陲，佯装采野味。

"伏乞辞圣主，顶礼拜王足，臣等即告归，留此二护卫。"[4]

俊王复启程，穿野过田庄。二仆前引路，君王威严藏。乔装巡边吏，衣冠巧遮掩。举止皆谨慎，不使露真颜。

三人穿茂林，人象匆匆行，错杂留足痕。

侍仆前引路，悉心护圣主。沿途经村舍，过夜宿农户。及至边关口，线人已招呼。依计[5]报名姓，故作好谈吐。远民见客至，殷勤问名姓。来客如是告：王宫巡边使，受命行至此，不日返都邑。闻罢纷行礼，恭敬拜小吏。遂乃出此寨，行行过数邑。

行至伽龙河[6]，饮象水岸旁。小坐憩片刻，遂令砍枝藤。以之代绳索，结扎渡江筏。乘筏渡江去，乃命辟宿地。俊王入水浴，净身濯尘埃。解鬐

---

1 此句意即将进入松国国境的时候，连一百扈从也不宜随行了，应该只留两位贴身仆从跟随护驾。

2 二仆：指乃盖和乃宽。下同。

3 引号中是随行众臣们的话。

4 以上三段均为百余随行侍臣在穿过森林，即将到达松国边关时对国王帕罗所说的话。这里说的"留此二护卫"与后面的内容是矛盾的。实际上这时还留有七十随护。以后渐次减少为三十人、十五人、十人，最后仅留乃盖乃宽二位贴身侍从在帕罗身边。出现这种矛盾，可能是后人窜改、增删所致。

5 依计：即上文中帕罗王的伪装计。

6 伽龙河：泰北的河，此为音译。

洗乌发，慈母入心来。

思想宫中母，想儿何凄楚，含泪欲悲呼。

痛此离思苦，痛此苦难医，
痛煎游子心，直欲飞故里。
痛己孤单身，独自在异乡，
痛母想儿苦，哀戚牵肠肚。

母后失先王，又遭母子离，
形影独凭吊，枉自哀哀泣。
倘若大难至，犯境是强敌，
痛定复思痛，莫若早归去？

情人纵百千，何及一娇妻？
妻妾纵千万，何及亲生母？
怀胎至降生，念此诚不易，
养育犹苦辛，母恩无可比！

莫如回程转，忍弃会萍、芷？
回宫拜太后，萱堂勤侍奉。
徘徊无所之，犹疑难夺定，
是何前世业，毁我母子情！

那时节，二仆合掌拜，祈奏帕罗王："陛下请颁旨，返国趋吉祥。此乃阳光道，不宜入敌境。治国伴母妃，人间享太平。"

"向前行，孤身入敌境，

若回返，退缩遭诟病：
堂堂松国君，怕死惜性命！
辱没天子誉，莫若了残生。"

二仆忙相劝："陛下九五尊，
孰敢犯天颜？毫发定无损！"

"去去便速归，尔等意若何？
幽约既可赴，归期不蹉跎。
但恐彼术高[1]，羁縻不得脱，
故土难再回，母后见不得！

"借河求占卜，向水问吉凶，
此河名伽龙，伽龙水流急！
如若去不归，河水当倒流，
倘或平安回，直向东流去。"

话音甫一落，河水立回旋，
水波呈红色，仿似鲜血染。
倏然心颤抖，悲戚何堪言！
犹如百丈木[2]，轰然砸胸前！

不愿人察觉，强忍装笑颜，
泰然走上岸，返回御亭间。
落下金帷幔，周围死寂般，
掩面低低泣："母后听儿愿：

1　此句意指松国巫术高明，鬼兵众多。
2　百丈木：原文是百人合围之巨木。

"母若先归西，愿得瞻遗容，
儿若先母亡，母葬儿心安。
葬子毋须悔，白发送子归。
只怕两无缘，死做异乡鬼！

"儿死当百了，抱憾慈母恩，今生无缘报！"

哽咽难自已，双泪和血流，母将难见儿！

占卜现凶兆，母后慈悲心，难解儿煎熬！

身为帝王尊，轮回在凡间，孤身陷泥潭！

回头已无路，误踏异邦土。奈何叹无助！

"我本帝王种，往昔何威风！
属邦有百余，个个皆服膺。
而今孤单身，陷入苦海中，
只怕与慈母，永隔阴阳城！"

哀愁比天大，思前又虑后，不使人觉察。故作欢颜笑，揭帘唤向导：
"尔携我心腹，去寻停歇地。何处应回避，确保事无虞。再探入宫门，巧
妙以智取。水路和陆路，村名驻马地，远近前后顾，眼到心牢记。乃盖并
乃宽，安排须周密。"

十　锦鸡引路 [1]

三人领圣旨，拜行触足礼，即刻探路去。

遵照国王令，处处细探查，详记在心底。

走进村落内，村民热心迎，兄弟相称谓。

金钱做钓饵，任凭硬如铁，伸屈皆能谐。

人心笼络定，盖、宽施妙计，甜言加蜜语。

内情悉告知，民曰"勿小觑，草民定尽力"。

潜入御花园，找到守园人，金银封其口，金银买其心，任由差遣使，带路探宫门。远窥公主殿：何处有路通，何处须防人。处处察明了，牢牢记在心。深藏不露相，无人起疑云。

回程探归路，沿途问村名，盖、宽穿林走，顾盼潜行踪。及至宿营处，入内报主公，禀明探查地，后宫有路径，画出地形图，一一标地名。

国王稍思忖，吩咐众随从：二象与四马，七十将与兵，留守在此地，待王返回城。精兵选三十，随驾续前行。俊王养精神，专心候良辰。侍从盖与宽，恭候听王命。

1　锦鸡引路：帕罗逐锦鸡，是泰国民间戏剧和歌舞表演中最为人们喜闻乐道的情节之一，也是工艺绘画中最常出现的画面之一。以下一段就是对这一情节的生动再现。

那时两公主，宫中盼消息，

迟迟无音讯，心中何焦急：

"仁、瑞两侍姐，请去问仙翁，

二姐若怜我，速去莫迟疑！"

侍女谒仙翁，仙翁告二女：

"帕罗已临近，伽龙水之滨。

在我疆域内，徘徊心不定，

待我再施法，引他速前行！"

心念众锦鸡，锦鸡齐飞来。一只最为美，身壮有精神。赤颈闪红光，翠羽嵌花纹。彩翅五色间，跖趾流光辉。双目圈朱红，顶冠耀华美。鸣啭动心魂，翘距润而莹。双足闪金光，腿上朱文横。仙翁施号令，鬼魂附鸡身，锦鸡毫无惧，昂首示威风：抖擞双彩翅，悠长清脆鸣。仙翁发指令，锦鸡跃腾空，转眼落河边，临近帕罗营。引颈高声歌，清音婉转声。扑翅轻曼舞，啄沙清翅翎。光鲜夺人目，走走还停停。帕罗侧目觑，一见不转睛。顿时心花放，急欲捉手中。未及洒香水，衣冠着匆匆，提剑疾步奔，追赶美精灵。卫兵随其后，锦鸡前方行。帕罗落后远，锦鸡遂即停。频频转眼珠，咕咕催速行。待到王渐近，转身复速奔。飞影穿木间，轻步若凤鸾。已至林尽头，王远鸡又等。将行入村寨，故作慵懒态。见它步履缓，帕罗疾俯冲，倏忽飞影闪，锦鸡已不见。帕罗猛醒悟："我竟迷锦鸡，被诱至此地！"回首望侍从，盖、宽忙劝慰。[1]

---

1 这是沙明伯仙人施法呼唤锦鸡，引诱帕罗前往松国都城的情节。诗人用一段长莱体诗，将锦鸡的姿态、动作、神情描摹得惟妙惟肖，将锦鸡与帕罗之间一进一退、一张一弛的追逐戏亦展现得扣人心弦、精彩非常。

十一　御苑独宿 [1]

"此后须小心，不可稍大意。" [2] 行至友人村 [3]，悄悄传消息。合掌来礼拜，邀客入屋宇。奉上佳肴馔，且请栖一宿。临行留十人，前村再留五，大象难携行，在此暂留驻。其余十五名，随王向前进。前方又留十，来至一小镇。见一荒芜园，遍植松柏树，四周寂无声，空舍无人住。村民 [4] 趋前道："已近御花园，请王暂驻跸。"合掌行礼后，席地候圣谕。

呈上佳肴馔，端汤请入浴，铺席摆绣枕，卧具皆备齐。尊贵帕罗王，乔扮婆罗门，化名昭西杰，来自婆罗多 [5]，慕名游异国。盖、宽扮居士，化名腊与朗，各须守机密，务使人不疑。村民邀五人 [6]，家中去饮宴，招待远来客，称兄又道弟。

宴饮甚相欢，转眼近黄昏。帕罗欲出门，观赏御花园 [7]。言罢即动身。村民前带路，俊王款款行。

村民前行急，告知守园人，帕罗已亲临。

园丁伏地拜，恭请入园来。尽兴游开怀。

1　这一段描写的是帕罗终于来到两位公主的花园，但是心上人却还没有出现，国王独自在御花园中散步，看到园中的花鸟，于是借着各种鲜花、树木和飞鸟，抒发心中对公主的思慕，希望借着鸟儿给心上人带去消息。与前面林间巡游时的情节相比，此时国王心中的思念更加强烈了，又因为佳人已经近在咫尺却仍未相见，心中也不再是因寂寞而忧愁，而是复又生出了焦急，企盼着佳人早日到来。

2　引号中是帕罗传谕众士兵的话。

3　友人村：指上文情节中已被帕罗仆从收买的松国村民的村庄。

4　村民：带路的村民们。

5　婆罗多：即印度。

6　此句意指至此，帕罗随从仅余五人。

7　御花园：指公主的后花园。

君王笑颜开，观赏挺秀木，花果惹人爱。

遍览园中景，金口启朱唇："多谢好心人！

"此园归谁主？"（守园人：）"公主萍与芷。启禀王至尊！"

村民吟歌唱，敬献白象王，¹德高福泽广。

"我等众草民，匍匐王足下！
请王细欣赏，簇簇似锦花。
公主萍与芷，园中常散心，
采撷花与木，二主消闲暇。"

帕罗观露兜²，清香情思牵，
俨如秀发露，馨柔沁心田。
茉莉散浓香，惹人神魂荡，
萍芷插发间，玉女胜天仙。

笑女³绽花容，一似玉人颜，
叶儿轻摇曳，含羞邀王见。
琼娘垂须枝，殷勤频致意，
笑女枝条弯，恭身行大礼。

禽鸟排排站，列队高枝头，
为君歌一曲，招魂⁴语啁啾。

1　此句意指拥有白象的国王，被视为天赐神主。
2　露兜：露兜花树，植物，花味清香。
3　笑女：植物名，丛生，花白，味浓香，此处意译。
4　招魂：招魂仪式是泰国民俗中的重要活动。

苍鹭鸣声哀，寻伴穿树间，
栖处得爱侣，呢喃不停休。

客到[1]欢快叫:"客到! 客已到! "
频频向国王，殷勤示友好。
鹦哥盛情迎——唧啾相和鸣，
鸟儿成双对，依偎在树梢。

池水清粼粼，再请赏池塘，
满池荷花开，阵阵送幽香。
鱼蟹龟鳖多，水中游欢畅，
蜜蜂吮花心，穿梭花间忙。

俊王返驻地，落座稍休息，相思念又起。

晚风摧树低，二仆劝安歇。
帕罗愁满怀，作赋寄情思:

爱汝胜生命，弃国来此间，
不见佳人影，凤愿疑成空。
可知为兄苦? 哀哀频呼唤!
呼唤无回应，相思怎排遣?

欲睹佳人面，佳人如花容，
兰敦花儿开，日夜散芳芬。
晚风送暗香，牵动我愁肠，
明月照穹隆，伊人在何方?

---

1 客到:绯胸鹦鹉的别称。此处为音译。

茉莉[1]茉卢莉[2]，香气正袭人，
兰馨[3]八角枫[4]，撩人生五欲[5]。
香芬似佳人，尊贵美公主。
闻香不识面，犹甚生别离。

只闻花香浓，不见双丽人，
园中百鸟噪，我心倍忧闷。
拜托园中鸟，为我传喜讯——
公主应知晓，兄已抵园内。

拜托巧八哥儿，为我送佳音，
告知两姐妹，相思逐日深。
跋山涉水来，只为把妹寻，
百鸟声喧闹，伴我呼妹声。

鹦鹉快快飞！腾空展双翅，
速告两公主，帕罗形影只。
已到御花园，孤身独徘徊，
愁肠了无绪，佳人不可期？

红鹦[6]快快飞！飞向王宫去，
飞到公主边，传我肺腑语：
"愿邀双佳人，花园共欢聚，
赏花观果木，良辰应珍惜。"

1　茉莉：二列茉莉。
2　茉卢莉：花名，音译。
3　兰馨：米仔兰。
4　八角枫：鼠叶八角枫。
5　五欲：即色、味、气味、声、触。
6　红鹦：红鹦鹉。

噪鹊菩拉朵[1]，和鸣声声脆，
歌声悦人耳，如何不陶醉！
倘有怜我意，速到彼香闺，
邀来二美人，宽慰我心扉。

鸟儿若罔闻，悠闲自盘旋，
忽而藏叶间，隐身觅不见。
不肯向帕罗，传递彼消息，
兀自枝间跃，鸣啭不休止。

怅望树间鸟，耳闻鸣声噪，胸中添烦恼。盖、宽顶礼拜，好言相慰劝："圣主莫心焦，明日定得见。

"请上琉璃榻，听晚蝉唧唧——令我王欣愉。

"风儿送花香，闻香思人——俊王思公主。

"月辉洒穹隆，赏婵娟，权作丽人容。"

帕罗心稍悦，欣然聆仆语[2]。二仆曲辞妙，君王入梦里。

二仆足旁卧[3]，昏昏入梦中。帕罗忽惊醒，唤仆解梦境：

"乃盖和乃宽，醒转仔细听：
适才方入睡，浑然得一梦。

1　菩拉朵：泰国的一种小鸟。此为音译。
2　此句意指乃盖、乃宽二仆人为国王吟唱催眠曲。
3　意指乃盖和乃宽蜷卧在帕罗王的足旁睡去。

美人长肩链，斜挂我肩头，
化作双蛇盘，令我大吃惊！

"梦中拥美人，相嬉共席枕。
梦醒心缱绻，呓语唤佳人，
情爱化锁链，缚紧我身心。

"梦中着锦衣，菡萏插鬓旁，
面朝扶桑走，当是趋吉祥。[1]
潋滟湖光里，怡然水中戏，
极目绿野阔，悠然凭徜徉。

"右手弄荷瓣，左臂抱白莲，
池鱼双嬉戏，惊起水花溅，
鲃鱼潜水底，游弋荷花间。"[2]

二仆解梦曰："心想事必成！陛下毋悲伤，明朝定相逢。"

乃盖奏人主："奴仆亦有梦：
陛下登昊空，手擎白玉盘。
皓月竟成双，双双相辉映，
此乃大吉兆，姻缘必谐定！"

乃宽奏人主："奴仆亦有梦：
我主化明月，天女托头顶。

1　古代泰人相信东方是太阳升起的方位，代表吉祥。
2　此段原诗四行，简化为三。

此亦大吉兆：何愁事不成！"[1]

闻得吉梦兆，王心乐陶陶，一似情人至，为王吟歌谣。

十二　初会佳偶

可怜深宫女，萍、芤二公主。相偎倚床头，戚戚低无语。为君苦守候，销得花容瘦，久盼无消息，抚膺泪双流。

心愿久未遂，双目含秋水，苍面无颜色，云鬓任自垂。凄凄复戚戚，咽咽哀难已，唤君君不见，相思魂欲断。乃语二侍女："此情成空欤？不得配俊王，明朝与世绝！"

仁、瑞合掌拜，柔语劝公主："尽在掌握中，且请稍等待。无须久时日，俊王定自来。

"公主休烦恼，今日或明朝，
君王必驾到，入园度良宵。"

"侍姐缘何知？何人通款曲？但有君消息，速告莫迟迟！"

仁、瑞合掌拜："至尊贤公主！神威老仙翁，教仆识征候，但观空中鸟，便知福祸忧。因晓喜事近，今朝好兆头。奴婢心甚悦，恍如亲眼觑，俊王翩然至，公主在左右，与王共绸缪。"

公主闻言喜，欣然谢侍女："此恩比天高！他日必相报！

1　此诗节原四行，简化为三。

"自幼蒙呵护，个中恩宠隆，

今番又助我，欲谢恨辞穷。

他日得偿愿，当谢情义重。"[1]

侍女仁与瑞，妙辞达心意，柔语慰公主：

"公主莫烦忧，宽心早安歇，但待俊彦王，来做闺中客。

"公主毋心伤，安寝候情郎，听婢吟一曲，伴主入梦乡。"二婢抚莲
足，萍、芃卧塌倚，缓缓吟声起，悠悠飘入夜：

"黄金琉璃榻，熠熠生光辉，

锦褥绣缎枕，精致又华贵。

绮丽天花顶，繁星来点缀，

罗幔掩娇躯，绣帷低低垂。

"美人睡兮心莫愁，魂魄安兮莫烦忧。

君王来兮且等候，幸美人兮君将留。

"熏风过兮谒王侯，熏风吹兮君来述。

林中仙兮长护佑，引君来兮莫淹留，

明月朗兮晨星稀，代灯火兮照田畴。"

仁、瑞低声吟，萍、芃闭目听，

言说帕罗王，不久将降临。

柔声飘入耳，悠悠动人心，

一曲轻渺渺，催人睡梦沉。

1　此诗节原文四行，简化为三行。

公主寐渐浓，侍女歇吟声，须臾同入梦。

那时四娇女，纷纷生奇梦。幻景殊而奇，醒后久回味。追忆梦中景，历历皆在目。帕芄述梦先，求解此中意：

"天苑有奇葩，飘落我掌心，
奇香飘万里，琼花美绝伦。
仙葩世所稀，凡界洒光华，
执之插发髻，天赐帝王女。"

帕萍从旁卧，心中甚欢欣。
遂将好梦述，好梦寓意深：

"闪闪金轮盘[1]，滑落穹隆顶，
化作金花钿，斜插我云鬓。
皎月代铜镜，清清照我影，
缀星成花环，妆饰我发端。"

仁、瑞忙解梦："好梦随人愿，心事终了时。我主帝王女，当配王中杰。身许帕罗王，万人仰福祉。"

"听闻梦吉祥，一如登天堂，但愿诚如是。"

娘瑞意欣欣，娘仁合十拜，齐跪莲足旁，己梦亦道来：

娘仁有异梦，说与二主闻：
"公主摘星辰，结环饰头顶。
蛟蛇缠主身，张口吐红芯，

---

1 金轮盘：指太阳。

此梦好兆头，贵人已临近。"

娘瑞梦亦奇，徐徐禀幼主：
"闲游九霄天，畅饮五味露[1]。
堪羡神仙好，人间怎可匹？
明朝良辰至，如愿赴君期。"

美梦悦娇媛，夜尽晨曦浅。急切恨日迟，待日若千年。

噪鹃鸣东方，鹧鸪惊重林。百鸟迭声喧，锦鸡唱天明。

残月没西天，朝阳斜丘远。祥鸟报喜讯，收翮落枝颤。婢女观鸟候[2]，忽闻鸦语喧，似告远客近，立将喜报传。

公主喜难禁，急急遣婢女："快去园中请！快去！快快去！"

二位智巧女，敛袿理妆红，辞别两公主，驭象去匆匆。却说帕罗王，朝嘱守园人："如遇客来问，何人居此中？须以如是答：'异国婆罗门[3]，携徒两少年，游方至此苑。独爱园中木，借地暂栖歇。此僧面含忧，睹物常自嗟。今朝辞别去，行行不多时。'"如是叮嘱罢，俊王携仆出。

盖、宽行止慎，前后顾险安。回首瞥远影，二女行姗姗。来者恐无他，侍女瑞与仁。行至园门前，驻象步入门。合掌问园丁："可有远客至？"答以帕罗语，侍女叹来迟！即问何形状："老叟或少年？容貌作何观？"（答曰）"无人可比攀！风华绝世貌，神仙当自惭。少年婆罗门，随徒双俊男。"自悔误良时，仁、瑞枉嗟叹！向使动身早，今何怨来晚？

1　五味露：指形、味、气味、声、触五种。
2　此句意为从鸟儿的反应可以判断事物变化的征候。
3　婆罗门：指婆罗门僧侣。

来迟唯自嗟，悲乎心艾艾，悔不该，悔不该……

而今当曷为？唯盼好运来，尽早得相会。

但祈有福运：三人非他人——帕罗与侍从。

四顾眼欲穿，遥见二修影，款款靠近来。

"速来瞧来者，莫非所言客？亦或当地人？"

园丁望而曰："确为彼二人，随从婆罗门。"

少年渐行近，二女入池塘，倏忽倩影藏。

至此疑窦解，成事已不难，二女心方安。

入池掩娇身，不使盖、宽见，悄然观其颜。

盖、宽已走近，未几临池塘，款步风流样。

冉冉缓步行，藕臂[1]轻摆动，信步穿园中。

"方见有人影，此刻了无踪，唯见水池横。

"四顾无人迹，倩影何处觅？令人费解疑。"

静池水滟滟，观之甚爱怜。撩人宽衣带，一任纵波间。二人下清池，

---

1 藕臂：以莲藕喻手臂之美，是泰国文学常用的比喻手法。

蓦然见二女。待到少年近，嬉笑发问频：

"君自何方来？家在何方土？
因何闯入园？不慎行止礼[1]？
此乃皇家地，焉敢入池戏！
请君速上岸，依此方无事！"

"自将出池塘，求卿莫驱赶，
我自远方来，跋涉至此园。
恰逢见清池，滟波惹人爱，
不知皇家地，望卿莫嗔怨。

"二位娴淑女！且听兄一言：
方才入此苑，四顾无人管。
因见碧池清，遂欲戏水玩，
未料园有主，受责堪汗颜！

"我等即告辞，二位俏淑女！
何敢久淹留，徒增我羞惭。
堂堂男子汉，竟遭裙钗嫌，
只因不见人，误入御池园。"

"二位贤君子，不必立动怒，
一时生误会，竟似千重辱。
皆因向未识，乃疑恶人入，
不慎有得罪，请君多原宥。"

"闻卿如是言，甘露沐心田。

1　此句意指侍女指责乃盖、乃宽二人对行为与礼节疏于严谨。

方知花颜愠，但为驱氓顽。
阿妹且见谅，阿哥多冒犯。"[1]

"倘欲濯旅尘，请君入池间，
身在清水中，自然去热炎。
湛湛池中水，濯尽尘与汗，
盛荷莲子熟，鲜美味甘甜。"

少年聆妹语，欣然入池间。谦谦君子态，款款肺腑言："身沐此水中，犹胜在九天。"

采莲唼入口，甘香润舌喉，
"彼岸有白莲，其味当何如？"
"何不往撷之，亲尝味方知。
甘饴比仙露，安须赴天池？"

娘仁谓娘瑞："娘瑞好阿妹，
彼处莲果鲜，何不携客往？
贵客但欲尝，采撷更无妨。"[2]

娘瑞颔首应，柔声唤少年，
脉脉转旰睐，幽幽芳魂乱。
乃宽喜相逐，同没碧荷间，
芙蓉香正浓，却殊女儿颜。

"叠叶障我身，感尔懂我心，
娇花频颔首，邀我近芳芬。

1　此诗节原文四行，简化为三。
2　此诗节原文四行，简化为三。

呷露柔肠醉，闻香魂忘归，
应是我所爱，更爱阿妹身。"

美乳菡苕苞，俏眼比莲瓣，
荷馨令人痴，更怜芙蓉面。
香发至莲足，无处不美艳，
妹香撩人醉，一触魂消散。

阿妹红莲美，阿哥紧相随，
莲香诱哥采，双莲并蒂开。
花动碧波漾，哥心已融醉，
禁果得品尝，不尽美滋味。

双莲池中交，交影正缠绵，
叶深凭鱼探，花赧抱风酣。
足鲈逐鲨鲇，鲅鲤戏池边，
相竞啄食饵，尾翻浪花溅。

此方燕尔依，彼处交欢烈，
相逐爱欲浓，嬉戏意更切。[1]

水中战方歇，登岸两相携，
拥吻呢喃语，岸边再交戈，
缱绻地做床，犹胜登天阶。[2]

双双云雨毕，启齿问公子：

1　以下四段内容做了简化处理。
2　此节原诗四行，简化为三行。

"郎自何方来？愿闻郎君名。"[1]

二男闻女言，告以虚假名："本名朗与腊，从商结伴行。途遇婆罗门，僧号昭西杰。遂与结伴游，来至御园中。

"本自乐国[2]来，都城玛诺宏[3]。只为姻缘至，此处得遇卿。"

闻言心大惊："莫非铸大错？应对当若何？

"君到我邦来，携带何货色？所贾有几何？"

盖、宽相距远，款曲通不得。
二女频逼问，支吾露难色。

"速把货名报！倘使答不出，休怪遭耻笑！"

"不似伪君子，言语却支吾，隐瞒为何故？

"货珍稀为贵？量我无力贾？因之不屑告，亦或非商旅？面有官宦相，形掩宫人身，行止有风度，貌修殊佞徒。"[4]

"谎言失信诺，岂不遭讪笑？笑至肚皮破！"[5]

乃盖乃宽曰："将以实情告，祈卿莫讥嘲。

---

1 此节原诗四行，简化为二行。
2 乐国：乃意译。音译是"罗摩耶国"。罗摩耶是梵文借词，欢乐幸福之意。
3 玛诺宏：音译，玛诺宏是巴利文借词"Manohara"的音译，意指美丽的宝石、宝珠。
4 引号中的两个诗节是侍女的内心活动。
5 引号中是侍女向乃盖、乃宽的发问。

"随侍君主来，帕罗俊彦王，三人到此邦。"

随臣[1]告吉讯，侍女喜难禁，如掌帝王印[2]。

"金轮从天降，滑落在手掌，
欲擎明月盘，揽月瞬息间。
金色须弥顶，欲登有何难？
请兄接君王，移驾御花园。"

"国王今安在？屈尊谁家园？"
"暂栖荒园内，寂寞愁难掩。"[3]

抚膺长悲呼："呜呼国之主！
孤身何愁寥，哪堪受此苦？
听闻心欲裂，为王痛满腹。"
二女同声泣，涓涓涕泪出。

"兄长速回返，代奴多拜上，
恭请圣国王，移驾至此园。
奴婢在此候，代主把话传，
而后返宫闱，请主速来见。

"祈待君王至，当面行大礼，
俯身太平地，叩拜王足底。
亲耳聆圣谕，如承天堂露，

1　随臣：乃盖乃宽是国王亲随侍从，亦为内侍官，仁、瑞以随臣相称，以示尊敬。
2　此句意为心情如同登上王位般的高兴。
3　原诗四行，译诗简化为二行。

再将春消息，奏禀两公主。"

多情两公子，依依别新侣，
揽怀搂纤腰，吻别轻声语，
四目深情望，须臾不忍离。¹

娇媚二婢女，楚楚紧相依：
"郎将辞妾身，新侣怎堪别？
分离似身灭，相会乃复生，
郎若怜新爱，莫令妾长等。"

去去二人归，两步一回首：
"难舍兄所爱，脉脉觑身后。
此去任在肩，为请御驾临，
身远心犹在，伴卿解离愁。

"妾将候郎归，刻刻盼郎回，
身远心相随，与郎不离分，
速归莫淹留，淹留妾心碎。"²

二人行匆匆，未久至草堂，跪伏见君王。

实情一一报，因由从头讲，帕罗知端详。

"适才巧相遇，公主贴身婢，
机敏善辞令，忠心无二意，

1　原诗四行，译诗简化为三行。
2　原诗四行，译诗简化为三行。

着我请王驾，御园[1]颁圣谕。"

帕罗立动身，摇步行款款，
英姿若雄狮，出洞群山巅。
仁、瑞守阶前，遥见影翩翩，
匆忙接圣驾，俨若迎神仙。

二女合掌拜，伏于王足下，
"恭迎陛下至，暂憩消旅乏。
且请入殿内，沐足暂歇暇。"

帕罗问仁、瑞："公主萍与芃，近日可安康？"

"公主身无恙，但忧思圣王，心病愁断肠。"

帕罗移莲步，行至高殿前。金坛盛香水，供王濯足尘。素绢拭足底，长巾铺阶梯。拾级登层楼，移步坐锦席。斜倚金丝枕，轻撩帘幔锦。启齿诏侍女，二女前置辞："至上圣神王！昔日王巡幸，前后铺红毯，出入乘象马，御轿候旁边，御靴踩软垫，软垫有几层。而今若黎庶，踏泥涉荒林。听闻肝肠断！所经多苦辛。俯首合十拜：陛下何堪忍！"

帕罗谓侍女："感汝精诚意，情浓比至亲。

"为会两娇媛，君子何惧难？受苦亦心甘。

"汝若感我心，速令得亲见——萍、芃真容颜。"

"陛下请宽心，在此稍留歇，

1　御园：指御花园中的一处闲置宫殿。

二兄同奉侍，朝夕护君前。
奴婢暂告辞，就此速回返。
君王藏深阁，落锁插门栓。"

"断肠怯独守，掐指恨日久，
痴痴神似癫，郁郁愁肠揪。
二人速传讯，行事莫耽留，
速速回寝宫，禀告两公主：

"公主如见怜，当期聚三人，
念之心切切，唯盼会吉辰。
生时无常好，旦夕命归阴，
空留寒冰骨，待卿抱恨焚。"

仁、瑞领王命，合掌行拜礼，
低眉向盖、宽，秋波暗传递。
盖、宽心会意，深眸眄爱侣，
帕罗观四人，已解个中意。

戚戚痴心女，无奈转身去，
秋水犹依依，余波不忍弃。
二子抚膺叹：中怀何凄寂！
生生两相隔，谁个堪分离？

二婢出门来，上锁摘金钥。款款莲步轻，匆匆驭象行。须臾至宫门，急急寻公主。下象入内殿，抬眼望高处。遥见两公主，朱颜倚金牖，皎皎面生辉，如月悬当空。阁中公主望，忽见二婢还。皓颜如花绽，宛如帕罗现。

"你我同声唤，遥呼问佳讯，妹妹意若何？"

"细思觉不妥，倘为太后闻，好事难成真。"

"二婢却为何，举步缓若停，急煞守望人！"

"宫门咫尺间，此时何缘故，却似千丈远？"[1]

二婢登长阶，步入寝宫内。行近萍与芘，俯拜传吉讯：俊彦帕罗王，我主之灵魂[2]，已临公主近。

"公主奴之魂，上苍赐福瑞，
帕罗俊彦王，周身耀金辉。
疑是天神降，下凡赴幽会，
红尘俗世间，谁敢与媲美？"

"俊王有口谕，托奴寄公主：
但期速来会，与卿结连理。
却恐卿来迟，旦夕命归西，
徒留寒冰骨，待卿抱恨焚。"

"闻得君王至，如获九霄珠，
宁以性命易，岂令掌珠失。
却恐风声走，不慎隐情露，
应先谒太后，行可无后虑。"

遂往见太后，俯拜请贵安，
祖母履底尘，捏取撒发间。[3]

---

1 以上四句是帕萍和帕芘姐妹俩之间的对话。
2 此句中把尊贵宠爱之人比作自己的灵魂。
3 此句意指取一点王太后（公主庶祖母）鞋底的灰尘放进自己头顶之上，表示崇敬无比。

双双拥祖母，同倚坐榻边。
娴静花照水，太后倍爱怜。

嘉言赞皇孙："绝代美双娇，
天生芙蓉质，始绽羞花颜。
堪羡妙龄好，秀丽身纤纤，
知礼懂孝道，祖母常挂念。"

轻抚胭脂面，摩挲细端详，
叹此天女貌，姿容惊俗艳。
更有慈悲怀，谁堪配凤鸾？
公主闻言喜，殷勤轻揉按。[1]

"难为贤孙女，伴我遣寂寥，
怜尔娇弱躯，不堪久辛劳。
仁、瑞勤照拂，莫使身染恙，
回宫烹佳肴，沐身理红妆。"

孙女俯身拜，拜上皇祖母，
"甘愿侍左右，长伴度天年。
祖母展慈颜，宛若荷花绽，
心如饮琼浆，怎愿离身边？"

"孙儿奉孝心，祖母倍欢喜，
听尔银铃声，天籁犹未及，
顿时心神爽，如享甘霖浴。

1　此句意指萍、芃二位公主为讨祖母欢心，为祖母按摩。

须臾不忍离，又恐劳孙女，

怜孙胜己身，但期远病疾，

叮咛皆因爱，孙儿休嫌弃。[1]

王女重四仪：坐卧行与立。

四仪须持衡，花容须端丽。"[2]

"岂愿离祖母？虽辞寸心留。

辞别暂回宫，闲行御苑游。"

"去去莫牵挂！姊妹贤孙女，

芳林赏花草，清池好沐浴。

纵然风景好，日暮当即回。"

公主聆训言，跪拜辞祖母。

窃喜不胜言！此时得良机，幽会终遂愿。

公主返寝宫，沐浴细梳妆。施粉面如月，挽髻赛天仙。织锦彩缎裙，绮罗斜披肩。流光溢华服，明辉耀朱颜。翩翩莲步起，飘然若飞天。冉冉藕臂摇，行至金台[3]前。御骑临台驻，鞍鞯镂花繁。象身披彩裆，华饰光璀璨。

旌旗复华盖，华盖孔雀羽。宝伞闪光华，仪扇[4]高高举。仕女雁字排，迤逦出宫去。娘仁与娘瑞，贴身侍公主。群艳行未久，即临御花园。侍婢抬滑竿，接主下象鞍。捷足先报信，开锁启玄关。帕罗闻信喜，戴冠

1　此节原诗四行，译诗简化为三行。

2　引号内为太后所言。

3　金台：为登上象背而设的高台。

4　仪扇：原文是两种扇子：一种作为皇家仪仗的扇子，长柄、扇面较小，葫芦形，是出行队伍中的装饰扇；一种是长柄，扇面菩提叶形，九十度侧弯，用来扇风乘凉。此处简化翻译。

披锦衣。一似因陀罗，下界待吉期。

盖、宽座后藏，娘仁忙铺簟。众仆行跪礼，娘瑞禀公主："太后有口谕，命奴勤叮嘱，劝主多眠歇。"言中藏玄机，慧主晓隐语，假称无困意，娘仁晓以理："太后亲授命，句句犹在耳，岂可便忘遗？"娘瑞合帘帏，请主入寝帐，又遣众宫女，殿外把花赏："公主将歇息，人杂扰安眠，留我两姊妹，候此听差遣。"众婢方散尽，仁、瑞锁重关。

乃还拜公主，俯请入内帏，与王共幽会。

公主冰心洁，闻之心怯怯，满面羞赧色。

"生在深宫里，人事尚未知，
莫论同衾枕，闻之已羞耻。
恂恂胸中乱，惴惴心难安，
侍姐可怜我，帮忙解疑难。"

"公主已长成，早脱童稚身，
向使未经世，终须入此门。
愿主明我意，莫再踟蹰留，
岂不惜俊王，忍令苦长候？"

帕罗帏后藏，窃听主仆语，
方知少女心，情性忒纯稚。
悄然背后坐，公主浑不觉，
犹与二侍女，对答解心结。

"侍姐知我心，情专此一人，
无由百愁生，悠悠思难尽。
缘何苦若此，平生未曾闻！

劳烦二侍姐，为我解疑困。"

侍女闻兹语，莞尔对主言：
"婢仆本愚钝，岂敢教公主？
念昔情窦开，思君一何切。
心生绵绵意，谁人把蒙启？"

"袖手弗相教，反加戏言笑，
不念主仆情，任我心自焦。
先我见日月¹，长我几多年，
有疑故相问，无疑不求教！"

"公主殊不知，此问诚难答，
唯以亲身历，疑窦方可化，
切莫徒烦恼，未几将自察。"²

帕罗难忍俊，笑声起垂帷，
惊得花容变，娇面红霞飞。
恰似风中莲，含羞吐芳蕊，
倏忽帘影动，帷启见须眉。

人间英伟王，倏然现眼前，
明若皓空镜，粲粲金轮盘。
二位王家女，痴看不转睛，
惊叹神仙姿，羞心自消然。

心神稍收敛，羞惶低眉颦，

1　本句意为先于我见到太阳和月亮，意为先于我出生，年长于我。
2　此节原诗四行，译诗简化为三行。

恭行触足礼，合掌示敬尊。
君王情难禁，双目顾盼频，
左右双丽人，君王已忘情。

芙蓉出水来，揽之入我怀。
明星自天降，捧之在我掌。
月娘离天宫，顾我来相逢，
百思难自信，疑为在梦中！

公主慕俊王，秋波觑王面，
帕罗赏朱颜，凝眸不眨眼。
兄心情切切，妹心意绵绵，
佳人双双拜，伏身君王前。

娘仁与娘瑞，亦即趋前拜，
趁机赏三美，灿然胜神仙。
时叹俊王容，时赏公主颜，
四目频转换，陶然不暇观。

帕罗英姿耀，光辉比日轮，
公主华容娇，灼灼美婵娟。
观者心愉悦，叹兹美王三，
日月同辉映，宁有此奇观？

"娘瑞好妹妹，且来同我看：
若论公主貌，瑰丽盖群娇。
今得英王衬，妖娆分外添，
众神齐造就，三人仙姿颜！

"双目不忍移，观之久不厌。

堪叹三界中，何人敢比攀！
娘仁好姐姐，你我幸大焉！
睹此绝世貌，岂非大福缘？"

"盖、宽二兄长，共来赏奇观，
王孙华容美，何不相与看。
三美光华耀，装点人世间，
俊王配倾国，俗界传美谈。"

仁、瑞啧啧赞，盖、宽膝行前，伏地拜三主，恭行触足礼。赞曰天地间，唯此殊绝艳！

丽姿比天女，造化出奇妍，
美冠天与地，殊艳惊世眼。
花容匹月貌，天造伉俪娟，
对斯玲珑质，欣然已忘言。

四仆齐参拜，国王并王女，
"我主尊躯贵，且请早歇息。
今夕费奔劳，恐已多倦意，
奴已置席枕，但祈梦安沉。"

英王举步行，乾坤为之撼，
公主随后走，三界同震颤。
缓缓玉臂摇，延颈衣袂飘，
皓质如星月，天地同映照。

仁、瑞殷勤侍，为主濯莲足，

浴罢细揩拭，奉举齐头处。[1]

恭请帕罗王，入帐卧香榻，

二位天仙女，左右伴人主。

侍女合鸳帐，为主祈招魂：

"魂兮魂兮休远适，守护尔主身。

姝魂媚兮似柔藤，紧绕国王魂，

王魂固兮为金木，柔藤缠尔身。"

二婢乃拜辞，伏地恭行礼，

出户锁重关，不使旁人疑。

伫立未为久，欲往会情郎，

四人遥相望，爱火焚胸膛。

蠢蠢春情动，皆因忠君主，才自忍心恸。

知耻独难忍，倘无羞耻心，纵欲皆随人。

闭门藏风月，虽知礼仪违，难抑情滋味。

纵然千夫指，充耳当不闻，我心无所畏！

欲火焚在胸，情魔燎曲肠，

所爱在咫尺，怎忍徒相望。

但为在宫殿，不敢行荒唐，

抑之在中怀，以兹显忠良。

身为贤良后，鞠躬侍国君，

---

1 本句意为侍女把国王、公主的脚置于自己头顶，表极为崇敬之意。

些微疏漏错，惶惶弗敢近。

倘有半分谬，莫若一死了，

胜过遭指背，千载被耻笑。

四人相对语，款款话情理，心火方止息。

蔼蔼芙蓉帐，幽幽暖影重，三人情正浓。[1]

激吻两相悦，胜饮万斛泉，爱抚情更酣。

皓腕缠藕臂，温柔触冰肌，堪怜是情侣。

交颈两缱绻，神采自焕然，粉面相偎眠。

肌肤相与亲，胸腹紧贴身，难舍难离分。

初尝个中味，欲罢还难休，沉湎欲轮回[2]。

娇荷羞吐蕊，花瓣现叠影，展露碧波间。[3]

1　从此诗节开始是男女主人公终于结合的"云雨篇"情节。云雨篇是泰国古
　典文学中不可缺少的段落，男女主人公的爱情必须通过相互结合这样的
　方式得以获得世俗层面的确立，而他们的磨难也往往开始于此。"情"的
　发展在这里获得圆满，而喜与悲、生与灭的分水岭也出现在这里。所以，从
　结构上看，云雨篇是《帕罗赋》叙事线索的转折点。

　　虽然泰国诗歌丝毫不避讳男女欢爱，但是在表现手法上却是大胆而不
　低俗的。诗人往往借用"蜂"与"荷""鱼"与"水""天雷"与"海浪"
　等自然景物来隐晦地呈现，而在高潮处更将笔锋一转，将画面切换为动物
　成双成对地在森林里依偎或嬉戏，从而达到"艳情"而不"艳俗"的诗味
　效果。

2　欲轮回：佛教中指沉湎于欲界中的轮回。

3　以下五句均为借喻男女交欢之情状。在泰国古典文学作品中是常用修
　辞手法。

蜜蜂花间飞，沉翅落花心，嘤嘤低语醉。

冰肌比清池，怡然漾其间，胜沐天池泉。

池中风光妙，鱼乐戏水跃，解语花展俏。

池岸犹堪怜，天丘弗及美，¹净洁无尘染。

累世积功果，终得入此境，赐我享胜景。

览尽帕萍美，复与帕芄戏，帕罗无休止。

融融乐无穷，神飞劲充沛，复次不觉累。

野马嘶嘶鸣，奋蹄如踏风，长啸求偶声。

牡象发情狂，扬鼻抬巨齿，战侣情激扬。

轻抚惜娇体，柔声话衷曲，软语情依依：

"得卿诚不易，乞怜我苦心，忍耐莫怪嗔。"

"君恩深无比，一言难道尽，
妾身未经事，但乞承君恩。
愿伴君王侧，长随不离身。"²

1　此句意指天堂的山丘不如它美。
2　此节原诗四行，译诗简化为三行。

"卿且勿多虑，我志永不移，
此情天地鉴，至坚无可匹。
万般勤呵护，惜卿甚自惜，
须臾不见卿，相思魂魄离。"

绸缪夫妇体，狎猎鱼龙姿，[1]
二美身绵软，纤肢娇无力。
柔情似琼液，一沐去倦意，
乐极易生悲，悲尽乐无比。

隆隆天雷震，轰然响八荒，
下土为之颤，惶惶魂欲断。
惊滔掀海水，白浪冲堤岸，
狂飙扫八方，草木几摧斩。[2]

狮王领牝兽，结伴林间游，
野象成双偎，相戏乐无忧。
金鹿交颈行，情笃步态悠，
狡兔窜草窟，呕呕逐爱俦。

日轮悬昊空，多情照池莲，
金光遥相触，奈何莲不绽。
娇花岂无情，唯惧蜜蜂餐，
醉蜂逐芳馨，期期扣莲瓣。

吮蕊情难禁，风流醉花间，
可怜娇荷弱，恹恹容已倦，

1　借用【唐】白居易《同微之赠别郭虚舟练师五十韵》句。
2　以下四段均为借喻男女交欢之情状。

无心应所欢，抱蕊翕层瓣。[1]

夕阳近天边，仁、瑞禀主人："黄昏已降临。"

帕罗启帘应，命仆开屋门，四仆齐入内。

思量嘱四仆："依计严守密，勿使人知悉。"

四仆齐叩拜，伏地领圣谕，复启俊彦王：

"金盆已备毕，祈请三尊主，香汤共沐浴。"

芙蕖压莲苞[2]，一触心旌摇，绰约姿妖娆。

出浴披华服，斜倚金榻上，轻揽二娇娘。

食器摆齐整，侍仆匍拜请，肴馔样样精。

合掌启君王，公主玉手纤，请王用肴膳。

帕罗伸素手，轻捏美人颏："与卿同饮乐。

"丽人依身边，粗食味也鲜，犹胜天堂馔。

丽人送入口，味美胜仙膳。此味堪留恋。"

1　此节原诗四行，译诗简化为三行。
2　此句暗喻帕罗和两位公主一同沐浴之姿态。芙蕖：荷花，原句以"压扁的
　　荷花"喻帕罗男性之胸膛；莲苞：喻少女美丽的乳房。

迨至用膳毕，二婢恭行礼，复启尊公主：

"太阳沉西隅，劝主移玉体，宜速回宫去。"[1]

公主情依依，不忍辞俊王，
帕罗睹红颜，郁郁暗神伤。
悲乎三情种，离愁锁衷肠，
黯然相拥泣，脉脉泪成行。

可怜二王女，初为君所宠，
曲身伏君膝，涕泣不成声。
清泪淹皓面，带雨眼蒙眬。[2]

"念昔初得闻，俊王嘉名讳。
仰慕食无味，思君寝难寐。
旦暮候佳音，日夕盼相会。

"祈神祭群岭，献祀祷树神，[3]
但期神明助，与王连理成，
事谐当还愿，各地拜"祖公'。[4]

"金银堆成堆，珠宝千万斛，
象牙饰金环，雄健白牛犊[5]。
精勤祈福佑，苦心终不负，

1　引号中为侍女提醒公主回宫的话。
2　此节及以下两节原诗均为四行，译诗简化为三行。
3　此句意即向每座山的山神祈愿，向每棵树上的精灵祈祷。泰国古代万物有
　　灵观念认为，每座高山、每棵大树上都有神灵庇护。
4　祖公：对民间信仰中的老神仙的称谓。
5　白牛犊：白象和白公牛均为罕见之吉祥物。

夙愿不得酬，誓不从他夫。

"终迎君王至，妾心得安抚，
奈何聚日短，倏忽又将辞。
相见诚不易，宁忍匆匆离？"
语出泪如注，依偎怀中涕。

感兹柔肠断，君王相与泣，
掩面长叹息，哽咽不能语。
伏涕佳人背，埋首不复举：[1]

"得卿芙蓉女，福比因陀罗，
向时初得闻，佳丽生松国。
暗恨身无翼，不得飞来索。
身似网中物，层网[2] 难挣脱。

"辽阔富饶土，象马[3] 不胜数，
一旦心意决，抛却不后顾。
辞母别娇妻，嫔妃如花样，
自投公主网[4]，但期结鸾凰。

"终得与卿晤，结此一时[5] 缘，
俨若线三股，拧成一根绳。
缘何忽弃兄，忍令栖孤影，

1　此节原诗四行，译诗简化为三行。
2　层网：此处指母亲的亲情和妻子、嫔妃的爱情，使得帕罗王不得从心所欲，
　　去追求两位公主。
3　象马：象、马是泰国古代国王权位和财富的象征。
4　此句意指帕萍、帕芃设下的情网。
5　一时：一个时辰。泰文 Yam 为记时量词，一个 Yam 是三个小时，从十八点
　　记起。

卿去肝肠断，自此隔阴阳。

"莫非情已绝，卿故辞我去？
倘若志犹坚，怎堪生生离？
奔波迢迢路，辗转来相聚。
念此精诚志，宁忍将兄弃！"

闻言公主悲，郁结焚五内，
情专遭猜疑，抱恨宁玉碎：
"妾心如磐石，君何冷言对？
矢志永不移，唯冀与君随。"

公主与俊王，互吐肺腑语，
红日渐沉西，残晖敛天际。
侍仆复来催："入夜宫禁严，
公主宜速归，免生闲事端。"

仁、瑞同拜禀："此时暂小别，黉夜复相会。"

再拜向帕罗："乞劝两公主，起驾速返回。"

君王心弗愿，违心柔语慰，相劝返宫闱。

公主匐拜辞，帕罗观玉颜，吻别如花面。

可怜花容瘦，郁郁目含愁，匐拜辞别走。

去去还欲留，可怜双玉叶 [1]，一步一回首：

---

1 双玉叶：指两位公主。原文为"两位妹妹"。

"乞君早赴约，莫使空盼久。"[1]

"痛哉远佳人，形影怎离分？遗我若孤魂。"

十三　祸起宫墙

侍婢合掌拜，随主出屋外。闭户锁重门，悄然下楼来。行至登象台，滑竿接上鞍。随行众宫女，恭立候驾齐。娘仁智谋多，心中生妙计。及至园门前，假言遗什物，欲返屋中取，娘瑞随之去。遂返逍遥宫[2]，开锁启门户。娘瑞守门外，娘仁入屋内。密见帕罗王，一并二侍从。复令着女衣，引之出屋来。混入宫女间，幽冥人难辨。

行至宫门内，将近公主殿，暂安娘瑞房，藏身在其间。[3]

仁、瑞引王出，盖、宽藏里间，隐身无人见。

更深夜色暗，帕罗潜内庭，幽会萍与芘。

花容吉祥女[4]，出庭迎君王，相邀入闺房：

"君王来迟迟，妾心何凄切，煎熬守长夜。"

皓腕揽英主，同入卧榻间，三人重欢颜。

俊王登御榻，御榻绮罗垫，锦枕灿若霞。

1　此处克龙二原诗一行半，译诗简化为一。
2　逍遥宫：指帕罗和公主幽会的屋子。
3　此句指乔装为宫女的帕罗和两位侍从。
4　吉祥女：吉祥天女，幸运女神。

罗帐五彩绸，金钩两边挂，烁烁放光华。

花环悬四壁，馥郁香满溢，氤氲绕屋宇。

雕梁缀宝珠，闪烁耀华屋，流光映公主。

华服值千金[1]，恭呈俊王前，
香粉送清爽，为王解热烦。
复呈槟榔盘，珠盘蟠龙嵌，
俊王珍馐肴，公主亲捧献。

美食尽享毕，遂乃享欢娱，
二婢锁门出，三人入帐帷。
娘仁与娘瑞，即往会盖、宽。
夜来众声寂，得闲两情依。

俊王藏香闺，公主以计掩，
唯有二婢知，他人皆懵然。
三人深闺戏，情浓不知倦，
光阴如梭过，倏忽月已半。

时而现病容，时而含春面，时而相嬉闹，时而锁深院。闭门掩朱户，喁喁常私语。他人不得近，独许二婢入。宫女暗指点，窃议状有异：公主与仁、瑞，行止甚离奇！

纸破烟难封，口耳相与传，背后遭指点。

1　此句不同版本因一字之差有歧义。帕沃拉威皮西版本原文是"华服百万金"。春拉达·冷拉里奇版本，原文是"华服皆值金"。

或曰鲜廉耻，或曰不齿闻。

消息不胫走，松王悉得闻。

一时怒火升，悄然至寝宫，暗察观究竟。

门外窥帕罗，一窥竟引嗟！怒火瞬间灭。

"岂非洪福降，千里一线牵，近在咫尺间！"

暗赞帕罗王，心中频祝祷："掌心落至宝！

"得兹英伟王，一似获乾坤，尽在掌握中。

"天子为我婿，荣耀与天齐，妙极！妙极！"

国王忽驾临，公主疾行礼。帕罗悄悄问，公主告父名。穆穆美彦王，微笑合双掌，顶礼拜王足，恭谨禀君上："我本颂国君，不惜离国邦。宁舍王位尊，独自趋异乡。颠沛迢迢路，慕名来结缘。自此为一家，千秋共兴亡。"松王聆兹语，心喜自不言。圣颜绽莲花，满面泛容光。天赐驸马来，喜配帝女双："将为择吉期，依制行婚仪。"语毕王既出，起驾返金銮。太后闻消息，急往谒国王。赪面疾声呼："陛下！来者敌国君，曾刃圣先王[1]！大仇岂可忘？今又潜宸宫，觑我松国威，亵我皇公主，应速擒拿来，誓不纵孽贼！千刀剐其肉，万劙剁其肢。以命偿宿债，报我丧夫仇！"太后千般求，国王默不闻。太后返后宫，假传国王旨，擅自点将兵。密宣御侍卫，谎称奉圣命："国王亲授谕，准我调禁军。宫内藏敌逆，汝等立除之！暗中行此事，不得泄军机。若有泄密者，一律重刑治。军令不可违，违者身首异！"众军接号令，慷慨竞请缨："太后且安待，誓不违君命！"遂乃兵将聚，蓄势图围剿。迨至夜深时，兵发结

---

1 此句意指萍、芃祖父曾被帕罗之父杀死疆场。

重围。层云压宫垣，寒光锁宸门。宫人惊奔告，盖、宽得密报。疾入觐帕罗，详细陈危机。罗王莞尔笑，从容无所惧。神貌若雄狮，凛然操长戈。精忠二侍臣，誓言永效节："丹心乞圣鉴，报主身先灭！"萍、芃二公主，俯身礼王足。俊王感至诚，温柔慰二女："事小不足惊，爱卿莫忧悸。"谈笑一如常，柔语似昨昔。公主呈笑靥，款款表心迹："妾本帝王女，生死宁足惧？生不事他夫，死亦随亡侣。焉得独保身，留待他人讥。倘使君先逝，妾将随君去！"语毕除披肩[1]，轻装佩长剑。是时二婢女，慷慨志更坚："殿下若仙去，仆将侍何主？彷徨无所依，任人嘲与辱。不若随主殁，上界侍旧主。捐躯报主恩，留芳示后人！"更衣着男装，慨然舞大刀。娘仁倚乃盖，持戟右立，娘瑞伴乃宽，疾步踞左翼。双双并肩立，俊王叹为奇。帕罗立中央，公主两旁倚。君王吻二媛，二媛吻君主。侍子揽侍婢，两两相拥别。倏忽禁军起，破门杀入庭。乃盖挥利刃，乃宽舞长戟。前军败下阵，援兵[2]蜂拥至。帕罗怒拼杀，兵倒尸横地。飞石如雨下，巨木破宸门。乃盖并乃宽，飒飒舞刀锋，彷如双巨象，狂怒不留情。[3]

飞身闯敌阵，腾挪躲箭弩。飞矢纷纷落，兵戈八面袭。左翼如层云，右侧似惊涛。盖、宽身矫捷，奋勇斩敌枭。倏忽弓连发，二人相继倒。

1　披肩：阿瑜陀耶王朝泰式传统宫廷服装中，女士着筒裙，上身着单肩的斜披肩，一般由泰丝或轻质的面料制成。是一种庄重、华贵的女性装扮。

2　援兵：指禁军士兵。

3　全诗的情节在这一部分急转直下，从之前的风花雪月突然转换为刀光剑影，用大段的莱体诗将故事一路推向尾声，每段莱体包含的情节内容非常多，从萍芃父王的突然到访，到三位主人公和四仆从英勇战死，再到父王悲痛欲绝、将萍芃的祖母和参加围剿的全部士兵一一处决，几乎都是用大致五个音节的整齐句式以脚腰韵连缀并且一气呵成，将诗篇最悲壮的一幕紧凑地呈现出来，几乎没有多余的笔墨。特别是在描写人物战死前的情景时，寥寥数笔就把几对爱侣英勇杀敌、相继牺牲的形象永远留在读者心中，不论是忠于主人的仆人，两位公主以身殉情的决心和乱箭穿身时的无所畏惧，还是帕罗国王临危不惧的王者尊威，都无一不使人动容。泰国古典诗歌中描写主人公死亡的段落不多，能把死亡写得如此悲壮且荡气回肠的，《帕罗赋》当属一绝。

仁、瑞勃然怒，挥泪仰天啸。奋臂舞狂刀，豪气冲云霄。飞箭穿心过，挣扎趋盖、宽。伏身叠尸卧，相偕赴阴间。仆婢相继殁，帕罗叹忠良："可嘉忠义仆，为王焉不及？"公主笑而呼："臣子尚无惧，况我君王裔，贪生心自欺！理当同生死，相伴永不离！

"妾身志已决，夫君莫犹疑，
今朝甘赴死，阴阳永不离。
请君莫恋生，死亦何足惜？
今日身同灭，壮哉万世奇！

"今生共入灭，转世续俦侣，
相偕升天界，共享神仙趣。
若使遭人诟，苟生有何益？
生若不见君，毋宁求速死。

"念兹四婢仆，身亡犹无惧，
况我帝王女，安得弃夫去？
生命诚足贵，失节犹可耻。
愿得长厮守，生死永相依。"

聆听肺腑言，帕罗放声笑，豪情万丈高！

公主女中杰，英勇不畏死，唯恐失气节。

心无分毫惧，挥臂舞大刀，寒光逼群敌！

挥刀转身劈，敌军身首异。三人威风壮，凛凛若狮王。振臂挥长刃，气势不可挡。游刃干戈间，谈笑风生响。怒发尊王威，乱兵莫敢闯。怯怯趋向前,围定帕罗王。抱薪来救火,薪燃火更旺[1]。万夫不敌三,情急齐放箭。帕罗挥刀拨,万箭齐飞射。罗王身中箭,公主无惧色,挺身趋前挡,屹然立王侧。乱敌发毒箭,箭矢穿身躯。汩汩热血流,三人相扶倚。直面向敌众,一似雕像立。英魂同归去,挺立犹如生。皮萨努功王,骤然闻惊变,起驾临战场。但见两爱女,身倚俊彦王,殷血淹尊躯,挺立宛若生。国王老泪流,嘶声频呼唤,呼唤无应答,矗立坚如磐。老王心明了:女、婿俱皆亡。强掩心中怒,假言"罪当诛!除之顺我心,汝等皆功臣。一应有重赏,赏尔除仇敌,勇者居高功,赐爵三等级[2]。"将士闻圣谕,争相邀功劳。国王变脸怒,着令齐捆缚,大绑绕肱喉[3],长矛串其胫[4],一一烙姓名。乱刀削肉骨,残尸遍地横。复惩乱军首,汤镬并炮烙。继母王太后[5],凌迟处极刑。乱军剿除尽,遂往悼公主。号啕泪满襟,悲声呼爱女:

"我女俏容貌,一如天镜皎,一睹愁苦消!

"此生何以继,痛失两爱女,宁随我儿去!

"为父心已碎,徒唤增伤悲,百呼女不归!"

---

1 此句比喻禁卫军的增援犹如抱来干草投入火堆,自取灭亡。

2 三等级:三级封建初等爵位,即:昆、门、潘。

3 此句意指用绳子先捆住脖子,再反绑胳膊,然后捆绑住大腿。

4 此句意即用长矛将人的腿一个个串起来。极言酷刑之残忍。

5 继母:王太后并非国王的生母。

十四 英魂永存 [1]

公主慈母后，惊闻噩耗报。心颤体无力，颓然昏厥倒。女官急救醒，踉跄登金轿。侍从随行哭，纷沓行匆匆。及至公主宫，四肢软若藤 [2]。举步难行走，潸潸老泪横。（轿夫）抬轿齐高阶 [3]，王后下轿来。一见公主尸，捶胸放悲声，俯仰哀哀诉："母后来探觑，因何不理睬？何事怨母后？缄口无回应。妆容懒梳理，一任乌发乱。不迎母后吻，素面露苍颜。未曾沐香汤，饮食不肯进。二女升天堂，弃母在寰尘。不怜母无依，终老一孤身 [4]！

"速死为何故？但可告娘亲，稍慰母后心。

"何事不遂意？急赴离恨天，忍将抛红尘。

"何事至伤悲，匆匆升天界，令母心肝摧！

"旦近日将晞，我儿应早起，早起行盥洗。

---

1 诗篇的最后一部分描写的是主人公死后两国举行国葬、万民齐哀的情节，笼罩着沉沉的伤痛。从"公主慈母后"到"不令我儿应"写的是公主的母亲面对爱女的离去而悲痛欲绝，她反复地呼唤已经冰冷的女儿，诉说每天这个时候公主礼佛完毕就会来到母后宫中一起用膳，然而此时却再也听不到女儿的回应。一段长长的人物独白，表现了一个母亲在失去唯一一对爱女时深深悲恸和绝望。诗歌接下来叙述了松国国王称扬七人的英勇，并为其举行火葬大典。从"海浪……"这一段莱体诗中，可以看出王族火葬风俗仪式中的重要器物、程序和信仰，须弥山和各种仙、兽的布置，体现出佛教宇宙观对人生重要仪式的深刻影响。两段关于火葬和下葬的诗节，将阿瑜陀耶时期丧葬文化细致而清晰地呈现出来，可以作为一段难得的历史民俗记录。
2 软若藤：像藤条一样不能支撑自身。
3 此句意即因为王后无力登台阶，（轿夫）将轿举至与殿宇的地面齐高，王后由是下轿入殿。
4 孤身：无儿女者亦称孤身。

"晨起先更衣[1]，沐浴净肤肌，凝脂自娇丽。

"著衣束腰肢，涂粉画眉黛，袅袅出门来。

"串花备香烛，虔诚去礼拜——金佛喜善佩[2]。

"礼毕谒阿母，与母共进膳，我儿记心间！

"苦唤无回声，触摇身不动。岂是俊王意，不令我儿应？

"英伟颂国君，松王今驾临，缘何不出迎？

"不肯回眸觑，默默无言语，呜呼我贤婿！

"何致遭此劫？善行无善果，
我纵强存活，无异疯痴婆。
骨肉不得见，生亦有何趣，
毋宁速求死，得以见我女。"

八方齐来聚，王族共举哀，
六宫朱颜暗，嘤嘤泣掩面。
黎庶皆涕泣，伏地放悲声，

---

1 更衣：如厕。

2 喜善佩：喜善佩大佛，泰国阿瑜陀耶王朝时期铸造的青铜镀金立佛
像。由拉玛提波迪二世（一四七二年至一五一〇年）于公元一四九
年下令铸造，次年造成。佛身高约十六米，宽一点五米，首高两米，
胸宽五点五米。通体以三千四百八十千克青铜铸成，外镀黄金（重约
一百七十一点六千克）。公元一七六七年，缅甸军队将阿瑜陀耶城付之
一炬，喜善佩大佛毁坏严重，表面的镀金脱落，只剩下青铜的佛体。
曼谷王朝一世王建都后，重新熔铸了大佛的底座，并将其移至曼谷卧
佛寺内供奉。

无人可堪受，俯仰泪双流。

万户齐悲痛，哀声震屋宇，
地心为之倾，国土为之覆。
日月自天陨，星辰光辉熄，
遍地水横流，皆为泪水聚。

国王并后妃，涕泣目成疾，血泪流如注。

理智王与后，节哀抑悲情，心神稍复宁。

劝慰满朝臣，并及众国民，节哀止悲声。

悲声渐息止，二圣[1]颁旨谕，旌扬三英烈：

"虽死英姿挺，不失王者风，壮烈有谁能？

忠义两侍臣、巾帼仁与瑞，勇武胜天神。

堪歌忠心胆，为主勇赴汤，伴主同日殇。"

世人唯咨嗟，颂扬声不竭，响彻王城阙。

隆隆下土震，云中飘妙音，天堂迎亡魂。

海浪啸滔天，愁云笼都邑。悲切松国君，劝妻回宫憩。达腊瓦蒂后，

---

1 二圣：指国王与王后。

起驾返宫寝。国王命浴尸，为之着殓衣。周身缠粗纱[1]，金棺合葬之。复备棺椁二，分置四亡侣[2]。灵柩既安厝，松王返殿宇。乃召宫中匠，下令造须弥[3]。各司遵圣谕，造山代八极[4]。华盖群围绕[5]，彩幢迎风立。华亭[6]描绮纹[7]，百鸟朝凤仪。八山各乘舆[8]，熠熠闪光辉。拉车有神驹[9]，亦或蛟龙飞。狮象[10]披纹锦，驭者舞刀戟。白牛踩狮背，雄狮正奋蹄。罗刹[11]

1　此句意指泰国丧葬仪式的一部分，即浴尸和礼尸完毕后，将尸体用粗纱之类的布料层层裹起。在泰国国家图书馆编订的《丧葬仪式》一书中，对"裹尸"做了详细的描述，"如果是贵族，先用一块布包住尸体的头部，再用布套其双手，并使之做合握花束与香烛之势，最后用一块布套起双脚。接着用三股未染过色的、小拇指宽的粗纱布：一股缠裹脖子，一股缠裹两手的拇指和手腕，并使其相连，一股缠裹双脚的拇指和脚踝，并使其相连。之后，将一条长白布对折，两头在尸体头部打一个结，并与从脚底一节一节缠绕上来的粗纱布绕在一起，将粗纱布留下足够长的一段以备露出棺材以外。最后将裹好的尸体侧卧摆放在棺材内。"

2　此句意指将乃盖与娘仁，乃宽与娘瑞分别合葬在两个棺柩内。

3　须弥：王室荼毗大典（火葬礼）中搭置的象征宇宙中心的须弥山，又译苏迷嚧、苏迷庐山、迷楼山。古印度神话中，此山位于宇宙中心，位于小千世界的中央（小千世界是大千世界的一部分），后为佛教所采用。传说须弥山周围有咸海环绕，海上有四大部洲和八小部洲。须弥山由金、银、琉璃和水晶玻璃，共四宝构成，高八万四千由旬（一由旬可能约十三公里，即一百一十万公里），山顶住着帝释天，四面山腰住着四天王天。根据《长阿含经》的说法，须弥山北为北俱芦洲、东为东胜神洲、西为西牛贺洲、南为南赡部洲。

4　此句意即搭置八座假山，代替大地的八极：东、南、西、北、东南、西南、东北、西北。

5　此句意在八座假山周围，分别围以多层华盖。

6　华亭：一种泰式亭舆，供国王在盛典中乘坐或安放佛像，顶部类似泰式宫殿的层叠尖顶，十分华美。

7　绮纹：泰国传统装饰艺术中基本纹样的一种，图案形状类似火焰。

8　此句意指八座山分别置于车上，各有龙马狮象等吉祥神兽拉车。

9　神驹：借指纸马，仙山借指上文所说的八座假山。

10　狮象：神话中的动物。狮身，头部生出象牙。

11　罗刹：印度神话中的恶魔。

大鹏鸟[1]，那伽[2]乾达婆[3]。纷纭入画卷，画工堪称奇。挂幕耍皮影[4]，搭台演孔剧[5]。筑台放烟花，香烛环绕立。花灯走马灯，白烛罩琉璃。镂花椸灯高，流光映栅篱。油灯千万盏，错落椸灯间。灯火祭亡灵，肃穆荼毗[6]仪。松王发谕令，遣使递国书，呈送进贡礼。颂国王太后，太阳神后裔[7]。闻得噩耗至，真切言无虚。突如五雷轰，玉体如山倾。伏枕咽噎泣，掩面不成声。捶胸哀哀唤，频频呼儿名。

"早知有此劫，几番苦口劝，儿竟执意去！

"宁愿以疾终，问医聊可期。虽死尸骨全，长眠故乡地。何当亡他国，命绝刀剑戟。毒箭射满身，令母怎忍觑！

"自儿生母腹，旦夕勤护育，
分毫无懈怠，片刻不远离。
及至承大统，登极扶社稷，
视子胜己命，百倍犹不及。

---

1 大鹏鸟：习惯上译作大鹏金翅鸟。也叫迦楼罗鸟，又作妙翅鸟、项瘿鸟。系印度神话中的大鸟，毗湿奴神之座骑。在佛教中，成为八部众之一，翅翮金色，两翼广三百三十六万里，住于须弥山下层。据长阿含经卷十九载，此鸟有卵生、胎生、湿生、化生四种，常取卵胎湿化之诸龙为食。

2 那伽：印度神话中的那伽龙。

3 乾达婆：又作健达婆、犍达缚、健闼婆、干沓婆、彦达缚、犍陀罗等。旧译为香神、嗅香、香阴、寻香行。天人乐师。天龙八部之一，因其能歌善舞，并能散发香气，因此又被称香音神、伎乐神。其实就是佛教壁画中常提到的"飞天"。

4 此句在春拉达版本中没有"皮影"，本译依据帕沃拉威皮西版本。

5 孔剧：是泰国重要的传统戏剧表演形式，以《罗摩颂》（音译《拉玛坚》，即印度罗摩故事在泰国流传的版本之一）为剧本，舞蹈动作加配唱，演员没有台词，属于高雅戏剧表演艺术。

6 荼毗：原指佛教僧人圆寂后的火化。泰国也用于王室重要成员的葬礼。

7 太阳神后裔：与之对应的是月亮神后裔。源自印度古代神话对王族世系的划分。

"天生英伟王，殊彼寻常君，

贵为王中杰，诸国皆称臣。

属邦百零一[1]，俯首奉朝贡，

往来日不绝，顶礼伏王威。

"安栖无忧宫，乐比在天国，

诸王齐朝觐，高居御宝座。

各地城邦主，公侯伯子男[2]，

稽首王足下，如拜因陀罗。

"王儿御骑象，堪比神[3]坐骑，

御马比天马，太阳神所驭[4]。

兵甲遍国疆，抵御四方敌，

巍巍帝王业，天堂比社稷。"

"我儿造何业？竟至罹此劫！"思子泪涟涟，慈母肝肠断。帕罗王之妻，腊萨纳瓦蒂，妃嫔并宫娥，聆讯同哀泣。纷往谒太后，伏拜问情由。太后含泪诉，众妇齐悲哭。伏地泪横流，散发捶膺泣。哀声连宫阙，重闱怵悲啼。城心[5]几欲裂，城魂将崩摧。举国哭英主，八方响哀音。闻者皆拭泪，感悲肝肠碎。

涕泣无复止，各个痛难已，几欲殉王去。

朝中老重臣，劝慰且止悲："节哀理国是。

---

1 百零一：一百零一，是数目众多之意，并非准确数字。
2 此句原文是"享有门、昆、潘爵位的贵族、将官等各地城主"，此处译文借用大众熟知的爵位名称代之。
3 神：即因陀罗神。其坐骑为大象。
4 此句意指为太阳神拉车的是一匹骏马。
5 城心：泰人的传统信仰中，每一座城都有其心和魂，是其得以存在的根本。

"于今非常期，萧墙起祸危，理当慎应对。"

众臣面太后，详述国之忧，稽首献计谋：

"往昔存远虑，今当务时急——圣上猝薨逝。

"失策家国丧，魑魅趁机狂，作乱国遭殃。

"慎思细量度，毫微勿令错，不尔致灾祸。

"伏乞拜凤足：务请深思虑，绸缪在未雨。"

太后聆而谢："感念众卿言，
首当理国葬，火化国王身。
唯忌赴彼国，令我声名损，
蒙羞毋宁死，无颜见国人！

"速寻真谋士，天下万事通，
博识擅辞令，辩才第一名。
责令十武将，作速整行装，
金银各百两，待命出国门。

"玲珑九珍宝，纨绮七彩缎，
一一置办齐，片刻不容缓。
点兵备象马，令下出国门，
代为葬爱子，祭祀英王魂。

"拜上松国王，献礼表诚心，
再敬松国后，公主慈母亲。

速速拟国书，篆刻贝叶文[1]，

措辞多斟酌，毋使是非生。

"迨至葬礼毕，辞拜乞骨灰：

三主四侍仆，亡骨当携归。

顶礼拜松君，嘉言谢赐惠，

言辞合礼仪，勿失我尊威。"

遂召松国使，厚赐钱归程。复命颂国使，随行赴松城。作速整行装，去去莫耽延。颂使领钦命，去至松王宫。上殿呈国书，献礼奉祭仪。松国举国丧，依制办葬礼。停灵礼既罢，乃命点圣火。肃穆荼毗典，丧钟齐响起。锣鼓并螺号，震响彻云霄。八方大地颤，雷厉海神啸。煌煌炙焰浓，火光连天耀。赫赫映人目，烁烁星火照。光芒十方布，万物尽辉煌。迨至大典毕，即命收灰骨。精饰骨灰盒，两分亡者灰：一半供祖祠，一半付颂使。复令修官道，绵延至边陲，送葬队伍长，浩荡护灵归。颂国王太后，亦令修通衢。沿途细装点，迎迓亡魂回。令造尖顶殿[2]，安厝王、妃骨。左右小亭阁，安置四忠仆。右为盖与仁，左为宽与瑞。礼器悉备齐，大典尽宏恢。奉供佛三宝，祭奠王、妃灵。开库行布施，广济众百姓。复令筑宝塔，装饰极巧精。中安王、妃骨，侍仆左右奉。哀乐震王土，丧钟惊天庭。皮萨努功王，盛礼举国殇。自此重修好，遣书常来往。互告下葬日，同时安三王[3]。两国各置典，声势同浩荡。布施普天下，亡魂功德广。

普天黎庶众，满朝文武官，

不论男与女，老幼皆同心。

积善修功德，以之祭亡魂，

1　贝叶文：古代东南亚的书籍同印度一样，均书写在贝多罗叶上，故称贝书或贝叶书。此处的国书则使用黄金打制成贝叶片状，上刻文字。

2　尖顶殿：荼毗大典时临时搭建以安厝尸骨的宫殿式建筑。

3　三王：国王与二位王妃。泰语中"Kasatriya"即来自梵文中的刹帝利一词，可指王、后、王子、公主。

心诚天可鉴，荣光照九泉。

但祈福祉降，临照撰诗人，
诗句如花环，巧工缀经纶。
何若玲珑珰，耳际声常闻。
又似绝世香，一触醉心魂。

国王御笔挥，赋此绝世文！
歌颂帕罗王，世间有真人。
忠仆不畏死，先死护君身，
高节世无匹，在天为英魂。

王子完此诗，琢字修辞文，
咏叹帕罗王，王中堪为尊。
初识情滋味，真爱公主心，
聆之神魂醉，百听不厌闻。

（裴晓睿　熊燃　译）

西巴拉

（一六五八年至一六九三年）

　　是泰国阿瑜陀耶王朝著名诗人，出身贵族，自幼聪颖超群。据传，十岁左右便能虚写御作诗歌，因而深得国王宠爱，被召入宫，成为宫廷诗人。后因与王妃口角，触怒国王，被放逐泰南洛坤城。不久，又因写情诗给城主夫人，遭城主杀害。西巴拉生性耿直，不畏权贵，且诗才横溢，出口成章。他的诗感情炽烈、深沉，豪放不羁。其代表作《悲歌》备受推崇，被誉为别离诗之典范。

悲　歌

......

我婀娜多姿的小妹呀，

传书人竟把你的叮嘱遗忘！

啊，想着你那甜蜜的笑靥，

我叫传书人近前，托他转述衷肠：

我想把你托付给苍天，

噢，不！因陀罗神也会对你动心，他会把你携入天堂。

我想把你托付给大地，

噢，不！大地的主宰——国王会将你占有，大地又怎敢违抗！

我想把你托付给大海，

噢，不！那伽龙定会把你调戏，这多么令我心伤！

天地三界皆非安全处哟，我的美人儿，

你的贞洁只有交给你自己珍藏。

记得岸边分手时，

有多少女子悲悲切切送情郎。

怎忍回首，万语千言从何说？

我的叮咛，你的嘱咐竟全然一样！

望浩淼烟波更添愁绪，

纵一路顺风也难解惆怅。

邦嘎加一别心烦意乱，

更哪堪又知你病卧鸳帐！

船至连岛，我请它转告你我的苦痛，
真腊岛上，我终日懵懵懂懂，
盈盈泪眼，有多少幽怨埋在心中。

离连岛，行至卡嫩关。
关卡免检，小船儿顺利通行。
忽然间，一阵檀香随风飘至，
多像你雪腮遗香香愈浓。

叹如今我一人独卧寒舱，
怎耐得阵阵冷风侵薄衣。
拉瑙乡的柠檬，使我想起你的酥胸，
寒倦时，你一双玉手曾使我温暖无比。

船至板乡，使我想起你平滑的腹，
那诱人的脐，简直像小花一样美丽。
船至荨麻岛，更增添了我的幽怨，
相思肠，乱如麻，欲理无计。

是何方神仙使你我生生离散？
"阻隔乡"阻断了你我夫妻。
泪珠儿洒干又泣出血，
血和泪流不尽漫遍乡里。

……

一叶扁舟渐行渐远，
我的心也已经破碎支离。
假如我，相思肠断命归西，
也只盼半身化灰，半身留给你。

这情书你把它藏于枕下，
且莫要闲来浏览当儿戏。
伴睡眠，你把它权当情侣，
夜复夜，莫等闲，两情依依。

（裴晓睿　译）

探玛提贝

（一七一五年至一七五五年）

　　诗人，泰国阿瑜陀耶王朝波隆摩谷王之长子。原名贡。年轻时曾因行刺身为僧王的叔父未遂，逃至寺庙，落发为僧两年。一七四一年出任摄政王。一七五五年因与父王之妃私通，被国王削除王籍，下令笞死。他一生经历坎坷，才华横溢。其抒情诗主要有《摇船曲》《铜溪行》《探玛提贝王子长歌》等。其中《摇船曲》尤为清丽典雅，被后世诗人奉为楷模。他的不同题材、体裁作品往往能够写得风格迥异，各具风采。

摇船曲 [1]

夕阳西斜，黄昏降临，

淡淡的月光，洒满天空。

春情萌动，肠百结哟，我的情人，

日夜企盼，难相逢。

落日带着余晖，走进了暮霭，

溶溶月色，明亮得使人吃惊。

那柔光普照的皓月，多像你姣好的面庞，

好一个娉婷玉女，光彩照人！

纤纤腰肢，天女般姿容，

谁敢同你媲美呢？我的爱，我的眼睛！

比栀子花白嫩的人儿啊，你有财富，我有爵禄。

任宫中人人嫉妒，我爱的却只有你！

我日夜坐卧难安，你对我却不屑一顾。

我渴望与你水乳交融，难道这，竟使你疑窦顿生？

复瓣的栀子花啊，金灿灿、亮莹莹。

倾国倾城世无双啊，何处觅倩影？

能与你金子般的人儿，同衾共枕，

看不够哟，赏不尽，甜言蜜语求垂恩。

下雨时，我用翅膀为你遮雨，打雷时，我用身体把你护紧。

你的柔躯紧贴着我的胸，一股暖流激遍全身。

我最钟情的人儿哟，除了你，还有谁能使我如此动心？

我多么想得到你呀，可又怕我的鲁莽会使你伤情。

假如此时雨儿落下，心肝儿哟，莫怪雨，

风会把你的魂儿吹来，让你睡在我的船中。

---

1 本诗为哀叹调。

雨，从来不会普天皆降，山中得雨凉意生，
我心里却毫不清爽，只因我离你远行。
止不住泪眼迷离哟，好一似烈火焚胸，
悠悠情丝牵魂魄。脉脉千里意更浓。

（裴晓睿　译）

二世王帕普陀勒腊

（一七六七年至一八二四年）

　　出生时的名字是昭发采擎（意即擎王子），是一世王普陀耀发的四王子。他八岁时就跟随父亲四处征战，十六岁那年，父亲建立曼谷王朝，他也被立为太子"昭发公玛銮伊萨拉顺通"，此后他又曾四次随父王征战缅甸，直至一八〇九年登基，在位共十五年。

　　二世王是一位文学造诣极高的诗人国王，在他的治下，古典文学发展到了顶峰，被称为"文学的黄金时代"。他本人在文学上的贡献主要在于戏剧和戏剧剧本，他亲自参与创作和修订了多部剧本，包括《伊瑶》《罗摩颂》等。此外他还创作了长篇史诗性说唱文学《昆昌昆平唱本》的部分章节。

　　二世王创作的《伊瑶》诗剧剧本被泰国六世王时期的权威"文学俱乐部"评为"诗剧剧本之冠"。伊瑶故事（班基故事）原来是流传于爪哇的一个民间故事，在东南亚地区广为流传。

《伊瑙诗剧剧本》故事梗概

古时候，爪哇有四个同胞兄弟，分别统治着四个国度：古列班、达哈、加朗和辛哈沙里。曼雅国王死后，王后将大女儿与二女儿分别嫁给了古列班王和达哈王，成为两国的王后。三女儿则留在曼雅国，最后成为曼雅国的王后。古列班国王后生下一位俊美的王子——"伊瑙"。曼雅国王后生下一位貌美的公主——"金达拉"。达哈王后生下了一位鲜花般动人的公主——"布莎芭"。古列班和达哈国王为伊瑙与布莎芭订婚。

曼雅国的皇外祖母突然去世，伊瑙代替父母前去参加葬礼。在那里他遇到了金达拉，顿生爱慕。回国之后，整日忧愁。古列班王催促他早日和素未谋面的布莎芭公主完婚。伊瑙以游林散心为借口，逃入森林，偷偷前往曼雅国寻找金达拉。为了隐藏身份，他化名"班基"。

班基来到曼雅国，最终说服国王王后，如愿与金达拉完婚。当消息传到达哈王耳中，达哈王恼羞成怒，当即宣布：不管谁来求婚，都会将布莎芭嫁给他。

丑陋的国王加拉伽，一直妄想娶到一位貌美如仙的王后。当看到布莎芭的画像后，仿佛着了魔。当即派人带着大量聘礼前往达哈国提亲。达哈王接受了他的请求。

住在天界的祖先，看到伊瑙竟然抛弃了自己亲自为他挑选的新娘，决定惩罚他。于是暗中作法，使加芒古宁国的王子看到布莎芭的画像。王子霎时被迷得神魂颠倒，相思成疾。国王王后为了治愈儿子的相思病，向达哈王求婚，但是遭到拒绝，于是发兵攻打达哈国。达哈王向古列班、加朗、辛哈沙里三国求援。

伊瑙接到父王的命令，立刻率兵前去助战，成功击退敌人。

以下是伊瑙率领凯旋之师进入达哈国的情景。

伊瑙诗剧剧本（节选）

那时节[1]，全城男女老少，

得知伊瑙王子将到，又期盼又气恼。

挤坐在路旁等待，贫富间杂同道。

遥见王子骑马来，一腔怨恨竟顿消——

有的目瞪口呆，醉痴痴盯着他瞧；

有的恭谨行礼，叹赏他天神般容貌；

王都中的臣民，个个膜拜祈祷：

愿他与公主终成眷属，泽被万民王德永照。

那时节，光辉英武的伊瑙王子，

来到王宫前，翻身下了骏马。

邀着桑卡玛拉达，结伴同行。

说话间来到宫门，缓步走向金殿中。

入殿躬身行礼，叩拜国王王后。

心中怦怦直跳，不禁触动忧愁。

那时节，达哈国的国王，

和美丽的第一王后，见伊瑙进宫来见礼，

心有怨气口不应。面色冷漠转过头，

向小王子西亚达[2]发话："去向堂兄行个礼。

我等得救全仗他，此等恩情比山重。

---

1 那时节：泰国古典诗剧每节唱词大都以"那时节"或"那时候"开头。所述人物身份为神、佛或王族者，须用"那时节"；除此之外的人物则用"那时候"。

2 西亚达：布莎芭公主之弟。

不然父王命已丢，王儿身与贱民同。"

那时节，光辉的西亚达小王子，
立刻起身趋前，到兄长跟前行礼。

那时节，太阳神俊美的后裔，
抱起小堂弟端详，不由得心中暗思量：
"王子已如此俊雅，公主将何等美丽？"
一边侧目瞧国王，陛下仍面含怒气。
越想越怕窘态露，急忙把脸别过去。
从王弟身后偷眼看，缄口不敢出言语。

那时节，美丽的达哈王后，
开口言道："这次战火本不该起——
怪只怪孽障女儿惹事端，祸起萧墙国危机。
痛心愧悔心难平，眼泪流干血沾衣。
无处可避无依靠，穷途末路无所期。
又怕众神不护佑，心中苦痛哪堪比。
多亏有你王侄在，危难之中挺身出。
消灭敌军保王城，忠心相救解危急。
保住江山未沦丧，侄儿大恩记心里。
无以报答实可惜！若是小女布莎芭，
未曾许婚加拉伽，愿赐侄儿效敝屣。
权当前世孽缘在，并非不舍独生女。"

那时节，光辉闪耀的伊瑶王子，
听见王后这席话，触动了心中愁绪。
俯首陛下足前，只是低头不语。
胸中如同火燎，心潮起伏难息。

那时节，光辉的达哈王陛下，

对王侄说道："现在战火已平息，

若要回国不拦阻，贤侄定有要务理。

若要暂住随尊便，是去是留都由你。"

那时节，伊瑙合十举过头，

拖延归期找借口："远途劳顿急行军，

日夜兼程马不停蹄，军士未得片刻歇，

需在城中稍休息，三天过后拜辞去。"

那时节，王国的支柱达哈王，

向着宫务大臣亚萨，颁下了圣谕：

去准备下榻的宫殿，让我的贤侄歇息。

供奉佳肴和糕点，直到王子离去。

那时候，亚萨双手高举接口谕，

俯身优雅地拜了三次，遵照圣旨去办理。

那时节，盖世的伟大国王，

吩咐美丽的宫女：请公主来见，马上去！

那时候，貌美窈窕的宫女，

接到国王的口谕，立刻走出殿里。

来到美丽公主的寝宫，俯身说明来意：

"国王陛下有旨，请公主殿下过去。"

那时节，美丽的布莎芭公主，

得知父王的旨意，貌美的少女沉思道：

"古列班伊瑙来拜见，大概是要我去行礼。"

想着反倒走向卧房，并没有回答任何言语。

那时候，心细的贴身侍女，
都来柔语劝慰："殿下这是何意？
陛下宣您上殿，不知事缓还是急？
是凶是吉去便知。"公主仍稳稳坐定不肯去。

那时节，达哈的王妃斯纳哈，
一直在等候公主。迟迟不见上殿来，
心中生出顾虑：国王王后恐会生气。
于是起身袅袅离坐榻，公主寝宫去寻觅。

掀开遮目的金帷幔，只见她正躺在床里，
不理睬侍女的说辞。王妃走进去劝喻：
"父王等了很久，还不快去见驾？"
说来说去劝不动，王妃将她从床上扶起。
取来香水身上洒，又为她挽起乌发髻。
四个侍女都很高兴，一齐装扮这美少女。

穿上蕉叶纹的衣裙，斜披着鲜艳的织锦，
配着石榴红的衬里。束腰链、戴臂钏，
镂花钻石佩胸前，镂叶水晶环柔腕。
腰缠锦带好妙曼，钻戒绕指晶光闪。
轻施粉黛露娇艳，恰似满月光辉洒人寰。
公主冠戴束头上，可她却，依然不动不开言。

王妃只好说道："公主真个硬心肠！"
边说边轻轻推出宫，带她来到金殿堂。

那时节，有着仙女姿容的布莎芭，

蜷身躲在帷幔后，忸忸怩怩不出现。

那时节，达哈国的王后，
便对自己的爱女说："只要你拜见一下堂兄，
兄妹见面有何难？日后若遇灾和难，
堂兄也好是靠山。他又不是加拉伽，羞羞答答为哪般？"

那时节，布莎芭十分生气，
不听母后的劝告，甩过脸去不理。
只管躲在帷幔后，心中恼羞无比。
王后多次催促，她却双眉紧锁把眼闭。

那时节，美貌的二王妃，
安慰布莎芭："美丽的公主莫惊恐，
快听母后的话过去吧，不要得罪了堂兄。"
边说边推她出去，可布莎芭还是不动。

那时节，达哈国的统治者，
说道："快去行礼！兄长面前害什么羞？
我儿不必太紧张，不是福缘不聚头。
毕竟同族堂兄妹，只是相认有何愁？"

那时节，冰肌玉肤的妙龄女，
慑于父王的威严，揭开帷幔膝行向前。

向着父王与母后，合十行礼。
心中羞愤又尴尬，低头不看也不语。

那时节，机智的桑卡玛拉达，
轻声对王子说道："为何不瞧瞧那位美人儿？

这容貌俊雅的姑娘，胜过世间任何的女子。

秀美的脸蛋白皙透亮，如同没有污点的月亮，

美得像花中的芙蓉，盛开在池水中央。"

在伊瑙耳边说个不停，伊瑙却看也不看，只哼了一声。

那时候，大小宫娥与侍女，

以及后宫的妃嫔，争着从窗口偷觑。

欣赏伊瑙的容貌："任何人都无法与他相比！

再比较公主的花颜，真好像黄金配宝玉。

有的说好似天神，与美丽的天女在一起。

有的说像太阳与月亮，若成眷属最适宜。

长相与荣耀皆般配，只可惜王子变了心意。"

姑娘们看得如醉如痴，各个哀声叹可惜！

那时候，漂亮的女官芭妍，

立刻制止宫女："开这种玩笑好没趣！

他哪配我们的公主，他不会领我们的好意。

休把尊卑混一起，免被他人嘲讥。"

那时节，光辉高贵的王后，

对公主说道："他来助战解危厄，我们才没有丧权辱国。

如今你已有归宿，还为何羞涩？

他既是兄长又是恩人，快去行个礼，我的爱女！"

那时节，年轻美丽的布莎芭，

听到母亲这番话，心中灼烧快快不乐。

想到往事愈发气恼，娇媚的人儿不愿拜他。

可是又别无他法，只好勉强拜一下。

那时节，光芒四射的王子，

转过头来受礼。目光一触间，竟再也无法转移。
美丽胜过天神的造化，怎不令他万分惋惜！
他反复捋着额前的头发，全身大汗淋漓。
抱着堂弟的手也已松开，竟然毫无觉察。
糊里糊涂吻起西亚达，以为是吻着布莎芭。
心中燃起奇异的爱火，忘了自己也忘了羞怕。
伊瑙心神恍惚，忽然忘情地吟唱起情歌：

"我心上的人儿啊，天宫中飘落的仙女。
见到你时我顿感懊悔，都怪我心急欠思虑。"

俊逸的桑卡玛拉达，轻摇伊瑙的膝盖，
紧紧掐住他的莲足，王子才回过神来。

那时节，年轻可爱的布莎芭，
合掌告别膝行离开，款款进入帷幔来。

那时节，伊瑙王子倍加忧伤，
目光追随她的背影，忽然哀伤地歌唱：

"我心爱的人儿呀，你要去哪里？
快让我抱你过去！"说着身体前移。

桑卡玛拉达捅捅他，只见他如痴如醉心已迷。
赶紧攥住他脚腕，王子才醒来退回原地。

那时节，英俊的兄长对弟弟说：
"我的脚已被你握得酸麻，快放开手吧。"

那时候，大大小小的宫女，

看见古列班伊瑙的表现，笑嘻嘻地议论开：

"刚才他歌唱公主，不知她是否听见？

王子举止失度，脸色黯淡惨白。

汗流满面，抱着小王子的手也垂下来。

看样子是萌动真情，以致精神恍惚失态。"

那时节，加拉伽国王，

来到达哈的国土，骑马行驶在驿路上。

遇到王宫大臣，心急地要求见驾。

他说道："请您禀报：加拉伽求见陛下。"

那时候，尽责的大臣达马昂，

接受了他的请求，立刻转身进殿。

俯身低头禀报："光芒万丈的国王陛下！

此刻，加拉伽请求来您的足下参驾！"

那时节，统治达哈的君王，

于是下旨有请加拉伽，进入神圣的殿堂。

那时候，大臣达马昂，

领旨向陛下行礼，迅速走出宫殿，

下达了旨意："伟大的达哈的国王

命我前来请您，进入朝廷的殿堂。"

那时节，加拉伽听后欢喜，

急急忙忙下马，迈步走了进去。

那时节，伊瑙王子心中妒忌，

一听到加拉伽的名字，如同天火在胸中燃起。

若等他进来见驾，怎堪与他碰面？

于是行礼告退，走出华丽的宫殿。

和桑卡玛拉达一起，沿着宫中道路前行。
迎面遇到加拉伽，在殿外宽广的前庭。
加拉伽屈身行礼，伊瑙弯腰伸手扶起。
另只手不由得去抓佩剑，王弟急忙握住他手臂。
他一惊之下慌忙离开，一边故意用言语掩饰：
"刚才佩剑差点儿滑落，我亲爱的弟弟！"
边说边移动莲步，心上人令他牵肠惦记。
想着那绝代佳人，径直向寝宫走去。

一骨碌躺倒在床，连佩饰也懒得解下。
心中悲苦万分，反反复复地念叨：
"啊！娇艳的美人儿！可惜你天仙般的光耀，
却要嫁给加拉伽之流，噢！我该如何是好？
我的心肝儿呀！怎样才能亲近你？"
心中爱欲愈燃愈旺，如同劫火将周身燃烧。
昔时一念铸成大错，仿佛宝石坠落山坳。
痛苦折磨着他的心，好像死神已来到。
长吁短叹相思苦，布莎芭堂妹可知晓？
旧人三美全忘记，无尽悲伤心中缠绕。

……

（裴晓睿　熊燃　译）

昆昌昆平唱本

　　昆昌、昆平与婉通之间的爱情故事在泰国家喻
户晓，《昆昌昆平唱本》正是在历史传说和民间故事
的基础上逐渐发展并经由宫廷诗人之手集体创作的
一部长篇格伦诗体唱本。最初这个故事是以"塞帕"
的形式由民间说唱艺人表演传唱。到了曼谷王朝二
世王帕普陀勒腊时期，国王集合多位诗人将民间流
传的多种说书人唱本集中起来进行编纂加工，用当
时最为流行的格伦诗体创作出了《昆昌昆平唱本》
最为主要的章节。其中，能够判定作者的章节有：
二世王创作的"普莱盖私会娘萍 [1]""昆平误闯盖吉
利雅闺房""婉通与劳通争吵"，顺通蒲创作的"普
莱安出生"，三世王还是太子时创作的"昆昌向婉通
求亲""昆平带婉通私奔"。由于这部作品工程浩大，
最终完成是在三世王时期。
　　《昆昌昆平唱本》是一部气势恢宏、内容丰富的
鸿篇巨制，除了三个主人公及其父母、子女三代人的
经历之外，还加入了不少插话，可谓真实地展现了阿

1　"普莱盖""娘萍"：分别为昆平和婉通年少时的名字。

瑜陀耶时期泰国社会生活的方方面面。不仅具有重要的文学价值，而且在民俗、历史、文化研究方面也可作为重要的参考。

昆昌昆平唱本（节选）

（一）昆昌与昆平的出生

拜过了师来说正题，让那久远的往事开启：

那时的国王潘瓦萨，统治王都阿瑜陀耶，

祥和快乐胜天堂，王的威德洒遍寰宇，

是世界之巅、万民归服，统御着黎庶与黔苍。

领土内大小的属邦，全慑服于他的力量；

都城辖下各城池，都合起双掌、膜拜顶礼！

财宝、权力全握在掌，福乐圆满、幸福无疆！

十项王德[1]具足无缺，百姓融融乐无比。

且说昆平与昆昌，和一位婉通美娇娘，

那是百四十七年[2]，他们的父母活在那时，

做着君主潘瓦萨的奴仆，居住在王的国疆。

这就把来龙去脉细讲，诸位听众自会明白：

昆格莱彭派住在普拉村[3]，有金银财宝和各色家当；

通芭希住在达格莱寺，两人成家做了夫妇。

拆了旧宅把新屋造，搬到素攀一带定居。

1　十项王德：又称十王道，根据佛教训诫，王者所应具备的十种德行。这一
　　思想在阿瑜陀耶末期和曼谷王朝初期变得重要。十王道是：布施、持戒、
　　遍舍、忠诚、温和、勤勉、不害、仁道、忍辱、不违正法。

2　百四十七年：丹隆亲王认为此处的百四十七年，应该为八百四十七年，纪
　　年法为小历纪年（相当于公元一四八五年），这样才能基本与故事产生的年
　　代相符。

3　普拉村：《昆昌昆平唱本》英译本的作者克里斯·贝克认为，很可能就是
　　阿瑜陀耶城以南十六公里、位于河西岸、与挽巴因村相对的班普拉村。

这勇猛无畏的常胜将[1]，统管着七百服役民[2]。

他通晓吠陀、刀枪不入，上天入地无所惧。

与敌过招步步紧逼，无论众寡绝不退避。

素攀官员闻风丧胆，诚惶诚恐哪敢违逆？

承宠受封"大城勇士"，风光一时在素攀。

接下来这段来说说——勤劳的昆西维采[3]，

他是宫外象府[4]的首领，老家住在金地素攀[5]。

这富豪的家财成千上万，大小的奴仆也无数。

娶了忒彤做妻子，住在素攀的"十贝"渡[6]。

再说到朋友潘顺尤塔，娶了位娇妻好荣华，

美人名叫希芭绽，出身显贵有身家。

1　常胜将：指昆格莱彭派。"格莱彭派"意思是英勇败敌。

2　服役民：音译普莱，必须为国王、贵族或官府服役一段时期的半自由民，除贵族、僧侣、奴隶以外的大多数人口都属于这一阶层。在阿瑜陀耶后期，一个普莱每年必须为国王工作满六个月，不过这个服役制度并不十分严格，逃避服役的情况时有发生。

3　昆西维采：故事中为昆昌之父。"昌"即大象之意。丹隆亲王认为，"昆昌"并不是一个特定的人名，而是一个在宫廷法典中多次出现过的官衔，很有可能是对负责"象府"的长官习惯性的简称。昆昌的父亲西维采，在当地可能以"昆昌"的名号为人们熟知，他死后，这个头衔便由他的儿子继承。他的儿子或许有自己的名字，然而在故事流传途中被传述者逐渐忘记，最后只能以"昆昌"的名号被人记住。

4　象府：专门负责捕象、驯象、管理象队的官府，分宫内和宫外。素攀周围的山林，是阿瑜陀耶王庭和军队外出捕象最近的地点之一。

5　素攀：意为"黄金之城"，"素攀"的含义即为"黄金"，是古代湄南河腹地非常著名的聚居地。堕罗钵底时代曾是重要的城镇，在这一地区出土了大量印度教和佛教的手工艺品。到了公元十四至十五世纪，素攀周围已发展为重要的城镇网，逐渐成为阿瑜陀耶的政治中心。

6　"十贝"渡：阿瑜陀耶城被河流环绕，外界的人和货物都要通过渡口才能入城。"十贝"渡口是当时一个重要的渡口，需要渡河的人要花费十个贝币，故而得名。

住在素攀的侍卫渡[1]，有一位妹妹嗓门大，

波芭绽是她的名字，嫁了个夫婿名绰空，

老家原住邦蝎村[2]，娶了这娇妻便沉迷，

宗族家业全不上心，盗牛是他唯一本事。

这段姑且先不表，来讲讲人们出生的事：

当初胎儿正在成形，有个恶鬼站在枝头。

半夜吱吱笑着捏偶，挤来弄去也没凑成个形，

捏了又捏等待时机，东拼西凑算有了全形。

一晚捏鬼候在树顶，还有那地狱的冤魂灵，

受尽无边炼狱苦，总算偿清业债得出离，

从饿鬼、修罗道得解脱，慌慌忙忙赶往善趣[3]，

投生天界却又来不及，捏鬼便塞它进了胎里。

忒彤睡得正香浓，翻了个身喃喃沉入梦：

公象死去坠下崖，脑门发臭胀开了花；

一只鹳鸟秃着头顶，一跃而起飞出林，

张嘴叼起大象身躯，放入她睡觉的中庭。

她在梦中呼唤巨禽："光头的山谷王啊，快来这里！"

一手将秃顶鸟儿揽入怀，抱着它与大象酣畅地睡去。

清醒后立刻唤醒丈夫，一个劲儿地呕吐止不住，

心里像沾满了象鸟的腥，"噢！噢！快帮忙捶捶颈！"

昆西维采心里吓得不轻，慌忙起身两眼发紧，

摁住妻子的脖子揉不停，她止住了吐才说起梦境。

1　侍卫渡：意译，渡口的确切位置不详，有说法称，该渡口是用来供应对抗
　　缅军的粮草的，其名称中的"Liang"即有供养、侍奉之意。

2　邦蝎村：音译，原意为大蜥蜴村，确切位置不可考。

3　善趣：即善道，泰国佛教世界观把人道和欲界六层天（四天王天、忉利天、
　　夜摩天、兜率天、化乐天、他化自在天）称为七善道，把地狱道、饿鬼道、
　　畜生道、修罗道称为四恶道，加在一起构成欲界十一层。

他便为妻子解起了梦："哦，你将有身孕莫惊慌！
预示孩子将是男婴，正如大秃鹳叼来巨象，
会财源更进、应有尽有，财富五车[1]，衣食无忧。
只是这孩儿会给咱蒙羞，自打出生就是秃头。"
忕彤不合掌接受祝福，只顾摁着肚子频作呕，
"这冤孽可真叫我难受！怎么养这没毛的光头？"

再来说说通芭希，和丈夫同眠在大宅里，
梦到那千眼的神君[2]，手持硕大的宝石戒指，
腾云飞来把它送递，她接过宝戒万分欣喜。
宝石的光芒射进眼里，惊寤后慌忙呼唤丈夫。
昆格莱彭派睁眼忙询问，娇妻便讲起了梦中景。
二人立刻起身洗好脸，嚼起槟榔把梦解：
"美丽的宝石光熠熠，说明有好事很吉利。
身怀六甲生个男儿，那罗延神兵来转世。
勇武善战刚且韧，威力足以平三界。
宝石绽放耀眼的光，预示将来成大将。
获封帕耶有爵禄，千岁王[3]称心的奴仆。"
通芭希举臂合十拜，接受吉祥的祝福。
二人喜悦又幸福，安然入眠在夜色里。

下面要说到希芭绽，深夜在屋里做了美梦：
大神毗湿奴从天降，拿出指环戴上玉指，
然后便飞回云中銮。她沉沉酣眠到天明。
醒来笑着把丈夫唤，洗好脸立刻讲出梦境：
"夫君啊，夜里我做了梦，梦到毗湿奴那神工匠，

---

1 财富五车：化用自成语"学富五车"，原文意思是财富足足装满五辆牛车。
2 千眼神君：指掌管三十三天的天王因陀罗，又名千眼神。
3 千岁王：指前文提到的国王潘瓦萨。"潘瓦萨"意即千岁。

手握闪闪指环真耀眼，拿来套上我的指尖。

随后便返回九天殿，这可是要生病的征象？

是缓是急快讲来听，眼前还浮现着梦中景。"

能干的丈夫潘顺尤塔，听了妻子的话笑哈哈，

马上为她开解梦境："这是吉祥的胎梦不要怕，

得到戒环会生个女娃，容姿绰约好造化！

毗湿奴大神亲手造，哪有工匠可胜过他？"

希芭绽开心接受祝福，"承你的吉言哟孩子爸，

果若获此掌上明珠，再不抱别家娃娃招闲话。"

再说到那娘忒彤，肚子快要顶上脸盘，

起身坐卧都憋闷难安，垂涎生肉酒腥直打战，

浑身哆嗦仿佛夹尸鬼[1]，流着泪嗷嗷哀求夫主：

"我像被饿鬼附上了身，越吃越是饿得发急！"

鳝鱼、鸡、蛙、硬腹龟、蜥蜴、蜘蛛全吞下了肚。

抓起来大口往下咽，转眼酒缸见底买不及。

疼痛难受好几个月，哆嗦呻吟快要窒息。

十月腹沉胎频踢，吉时将近痛加剧。

扭着身呼爹喊娘唤丈夫，哭号翻滚快要晕厥。

爹娘丈夫和家奴，全慌了神赶忙奔上屋。

有的撒米念咒把福祈，急忙把贝壳贴满墙壁；

有的催产婆"别耽误"，（产婆）推着肚子警告"胎位横！"

有的顶背帮着使劲，忒彤摇头直喊痛，

昆西维采跟着直发抖，拽起天灵盖头发狂吹气[2]。

产婆叉腿跨上肚压，忒彤她娘也跟着使力，

抖个不停仍旧出不来，产婆高呼："正了！快使劲！"

1　夹尸鬼：音译，一种附身在老妇人身上的鬼，半夜里会出来偷吃垃圾、粪便等脏物。详见沙田·哥信著《鬼魅与天神》，第五十一页至五十二页。

2　此句意指当地一种民间习俗，认为朝产妇天灵盖上吹气能够帮其鼓劲和使力。

挺腰踮脚铆足劲儿，"噗"一声倒地滚向墙角。

哇哇声响起她睁开眼，那天正是白象来朝[1]。

忒彤伸手接过婴孩，反复打量后直发抖：

"呸！鬼捏的丢人东西！天生秃头像个月盘！

枉费我含辛挺大肚，癞皮狗！受诅咒的孽种！

养他作甚？给邻里添笑柄？不知随了哪边的种？"

骂完便进房卧起了火[2]，交给奶妈仆人去看顾。

沐浴喂食不停闲，轻推摇篮哼曲使安眠。

家财兴旺胜昨朝，福运紧随福儿到。

生来殷实钱资满，男女仆从人丁茂。

偶遭亲娘嫌恶语，安稳富足无人及。

外公外婆祖父母，喜寻吉祥好名字：

"夜梦秃鹳叼硕象，茂林深处飞将来。

收翮落入自家屋，生来秃顶胸有毛。

吉时一至孙儿降，白象来谒献君王。

依此前后诸多事，名吾孙儿为'昆昌'。"

遂取金银绕颈上，成对手钏双腕套。

脚戴银镯八字步，臂约珠环孙儿俏。

轻盈软链腰间系，粒粒番椒柳珊[3]雕。

摇曳相击琳琅声，惹得咧嘴哈哈笑。

忒彤怒叱"臭叫花！像个小丑乱蹦跶！

动个不停似泼猴，哪里的野鬼捏出他？

1　白象来朝：颜色异常的象在泰国古代被认为是吉祥的象征，尤其是白象。根据宫廷法律，任何人捕获了这种象都必须把它献给国王，并且会收到重赏。

2　卧火：又称坐火，此句意指古代泰国妇女生产完后要"坐火"一个月排尽恶露恢复体力，通常是在封闭的屋子内架一张床，床下生着火，让产妇躺在"火床上"。

3　番椒柳珊：即柳珊瑚雕出的胡椒形状装饰物。

无心鞠爱懒去抱，撞了恶猴恁被耍！"

鼓目好似吞鱼猫，直咒该死日日骂。

年方三岁出门游，村童侧目身发抖：

"娘亲快瞧那是啥？张嘴露牙孩儿怕！"

母亲止之嘱"勿怕，大槛[1]富家子昆昌。

家财万贯奴仆多，莫要挡他快避让。"

且又说那通芭希，身怀六甲肤发丽。

美肤光润如镀金，皓面皎皎月满盈。

两颊灿灿似金果，双峰紧致好匀挺。

肌美肤滑引盼顾，光彩闪烁悦人目。

虔心祈祷勤守戒，俯首向佛至诚意。

常供莲华拜座下，危难苦厄无所惧。

肚腹渐大十月满，福运催使子嗣绵。

业风[2]吹送麟儿动，胎头下沉叩金门。

初痛袭来捂腹唤，长辈至亲满屋转。

亲朋仆从慌了神，产婆惴惴护周全。

吉时既至顺利降，呱呱落地是男婴。

叔伯姑舅齐照应，沐浴擦净递乳娘。

阿公阿婆欣喜瞧，胎发浓密似莲房。

放入摇篮轻推送，通芭希坐火暖周身。

月满出房无憔色，姜粉涂身爱煞人。

父母长辈共商议，"阿公为孙取何名？"

外祖本是占卜师，遂为孙儿亲测算。

虎年五月火耀日，时刻正是三影分。

1　槛：同"建"音。
2　业风：又称业生风，指女人身体里的一种风，在腹中胎儿准备好出生的时候吹起，使婴儿头朝下。

中国送来摩尼珠[1]，献与阿瑜陀耶王。

令置塔[2]顶扬功德，昔曾大胜洪沙城[3]。

……

且说普莱盖[4]与昆昌，各自带仆从外出玩。

偶遇昆昌开口道："买些酒来解解馋。"

普莱盖抿嘴啜一口，昆昌晃脑把杯干：

"俺两眼发直怕是醉了！"斟满酒又把好友邀，

抓起他的手来握住盏："咱俩要做生死交！

他日谁要背弃朋友，就教天神把命拿走。

四大天王的神兵刃，不偏不倚刺穿喉！

五百劫不得见亲娘！"说完蘸酒往脖上一抹。

普莱盖轻啜一口酒，昆昌一盏灌下眼珠翻。

小萍琶拉莱打趣道："活该你这小杂巴！"

遂煮米炖汤玩过家，扒弄沙子堆篱笆，

又学布施做功德："快快去请住持来！"

昆昌遂扮孟族方丈，不等剃头便唱大经[5]，

---

1 摩尼珠：此处指的是放置在"大胜利吉祥塔"顶的宝石。丹隆亲王猜测，该佛寺是为纪念一五九三年纳黎宣王大胜缅军而建造。虽然这一推测在学界尚有争议，但从佛塔的名字看来，它是为了纪念战争胜利而建，应该是确信无疑。现存的文献中尚没有发现关于中国皇帝送来礼物的史实，但克里斯·贝克等一些历史学者认为，它是极有可能的，因为在一六〇〇年前后，明朝对于缅甸东吁王朝的扩张担心，曾呼吁暹罗和几个周边王国一起牵制缅甸，且承诺有馈礼。见克里斯·贝克和帕素·蓬派奇译的《昆昌昆平唱本》英文译本（二〇一五年）。另外，在荷兰人范·弗里叶特的游记中也提到了放置在这座塔顶的宝石。详见克里斯·贝克等著《范·弗里叶特的暹罗》（二〇〇五年）。可见，关于这一颗宝石的传说在当时的阿瑜陀耶已广为流传。

2 塔：根据传说，一五九二年纳黎萱王大胜缅军，建造了一座大佛塔以纪念战争胜利，名为"大胜利吉祥塔"。原文所指的即为此塔。

3 洪沙城：泰国古代对缅甸的称谓。

4 普莱盖：昆平幼年时的名字。

5 大经：指《大世经》，即流传于南传佛教地区的《韦谱达拉本生经》，汉译佛典中的《须大拏本生》。

普莱盖扮作泰族僧，忙着张罗搬资具。

诵过经斋饭也完毕，普莱盖出了个馊主意：

"我们一起来扮夫妻。"昆昌高呼"俺乐意！"

娘萍生气骂："滚开！秃顶丑八怪我不要！"

普莱盖劝道："有甚关系，就让他扮一下夫婿。

我再偷偷来会你，神不知鬼不觉把你抢去。"

两人软磨又硬泡，终于开始折枝搭作床。

巧娘萍堆沙做成房，筑起枕垫铺中央。

自己先躺进沙堆中央，秃头昆昌躺一旁。

普莱盖跃身插进来，踹到昆昌的天灵盖，

他佯装睡着眼紧闭，娘萍在一旁斜眼觑。

忽而惊起高声喊："强盗闯进来抢新娘！"

纵身跳起四处奔走，招呼喽啰跟在身后。

小鬼立马叫嚣开，跟着昆昌雄赳赳，

追上普莱盖点燃战火，你一拳我一脚打将开。

鼻肿嘴破血直流，边哭边跑身子发抖，

有的四处奔走找爹娘，直到大人们来解围。

娘萍气急破口骂："臭不要脸的混球！

死秃子怎地卑鄙下流！"骂完便带人扬长走。

小昆昌肿头拔腿跑，喽啰们也跟着落荒逃。

碾好的药膏抹满眼周，龇嘴吐舌疼得牙直咬。

诸位听众且莫起疑，当是杜撰可就差矣！

天神的使者使个戏法，孩童的假戏便成了真。

黄童的游戏何论对错？嘴上的话可不作信。

这段韵事自古就有，素攀一带还传有书文。

……

（熊燃　译）

顺通蒲

（一七八六年至一八五五年）

泰国历史上最负盛名的大诗人，被誉为"泰国的莎士比亚"。出生于一七八六年六月二十六日，生活在曼谷王朝一世王至四世王期间。父亲是罗勇府甲铃县人，顺通蒲出生后不久，父母离异，父亲出家，母亲再嫁后进宫做了一位公主的奶妈，顺通蒲也跟随母亲入宫生活。

顺通蒲天资异禀，幼年时期就展现出诗歌方面的才华。一八一三年前后，进入二世王的宫廷里任职，起初任文牍，后来逐渐受到二世王赏识和重用，成为二世王文学沙龙中的御用诗人，受封号"昆顺通沃罕"，意为"文辞优美之爵士"。二世王驾崩后，顺通蒲被三世王削去官爵，又遭到过去同僚和亲友的冷落，入寺出家。后因受到四世王的王弟（后来成为四世王的副王）任用，四世王登基后，顺通蒲再次获得了官职，卒于一八五五年。

顺通蒲为后世留下了丰厚的文学遗产，传世作品共有二十四部，体裁包括纪行诗、故事诗、格言诗、诗剧剧本、塞帕唱词和摇篮曲。其中，最为人们所称道的当属纪行诗和长篇故事诗《帕阿派玛尼》。

《金岭行》是顺通蒲在圣圆满寺（音译：拉查布

叻纳寺）出家期间创作的一首"尼拉"纪行诗。因在该寺结夏安居期间，被人以"触犯戒律"罪名陷害而遭排挤出寺。诗人从该寺出发，坐船前去朝拜位于旧都阿瑜陀耶城的金岭大佛塔，看到沿途的村庄、市集和各种自然风光，想到自己过往的遭遇，不禁触发了种种感慨。

金岭行（节选）

十一月出夏佛事毕，
获受袈衣添欢喜，
合掌登舟愁难抑。

寺前回首望伽蓝，
宋干、"沙陀"、守夏期，
安居三季无事端，
奈何今朝辞向晚。

拉查布叻纳大佛寺，
自此日久相见难，
感怀不禁泪花溅，
歹人离间蒙屈冤。

期倚首座秉公明，
却使木桶代天平，
终究别离非己愿，
无奈孤魂浮浪影。

行至宫门心欲裂，
忽念旧主泪千行，
隆恩浩荡赐"顺通"，
朝夕觐见伴君旁。

一朝涅槃[1]厄运至，

穷途无亲命将亡，

又逢疾患叠恶障，

举目四望无凭依。

心生宏愿修善果，

为报恩德结夏居。

愿以此身献圣主，

世世为仆伴君足。

行至浮宫望御舟，

遥想当年泪如雨，

曾与伽门[2]左右护，

近侍宝座泛舟行。

尝造丽句赋佳篇，

宣读御作悦圣颜。

迦绨那衣绝河川，

未尝惹得君王怨。

躬俯御前沾龙香，

氤氲缭绕透鼻梁。

天地更易炉香断，

气数亦随残香散。

犹见宫中舍利阁，

1　涅槃：指二世王的驾崩。诗人用涅槃来形容国王的离世，既是法王思想的
体现，又表达了诗人对往日君主的无上敬仰和尊崇。

2　伽门：古代官爵等级，为宫廷侍卫的首领，地位与萨迪纳制的帕爵相当。

发心修行献功德。
愿祈当今国之君，
一并安康远灾厄。

行至伽蓝名"柱立"，
不见石柱徒虚名。
划分地界城之基，
遐迩咸知不绝闻。

愿祈我佛神威护，
死后往生福乐土。[1]
万寿无疆匹石柱，
岁比天地遂君意。

驶过寺界观渡口，
泊舟成排买卖喧。
丝绸锦缎青蓝紫，
各色物品随帆[2]至。

行至酒坊炉烟浓，
长柄戽斗悬柱顶。
孽障万恶地狱水！
乱我心神成痴疯。

法水剃度入佛门，
希冀开悟证圆满。
虽远玉液保此身，

---

1 此句是在为三世王祈福。
2 此句意形容当时帆船贸易的繁荣，各国商船齐集在港口。

强装不顾亦枉然。

酒已不醉情犹醉，
难抑难平唯此心。
酒醉天明终方醒，
心醉更 [1] 深度还难。

行至"离村"伤别离，
手足分离故朋飞。
多情总被无情累，
黯然低首出庙闱。

行至"蒌村"思佳侣，
尝寄槟榔蒌叶鲜。
行至"弃村"村名讳，
焉忍妻室遭弃捐？

行至菩村赞菩提，
菩提树下成正觉。
愿祈十力 [2] 尊威护，
出离灾厄常自在。

行至阮村作坊忙，
鱼虾入篓生意来。
坊前渔网成排开，
往来男女齐张望。

1　更：同"庚"音。
2　十力：即如来十力。

回望故地行渐远，
满怀哀愁尽悲凉。
行至阙玛大金寺，
庆典已毕两日前。

曾记当初先王在，
亲主大典祭庙宇。
墙上佛像八万四，
一一合十行礼拜。

呜呼今时欢声绝，
无缘得见因福浅。
自顾命薄长嗟叹，
舟滞洄水忽盘旋。

急流湍湍涡漩滚，
漤洄激荡水花纷。
喷涌一似车轮进，
浮光变幻推波痕。

……

（熊燃　译）

现当代部分

乃 丕

（一九一八年至一九八七年）

泰国诗人，本名阿萨尼·蓬简。毕业于泰国法政大学，做过检察官。通晓英语、法语、汉语、巴利语、梵语和乌尔都语。一九三九年开始写作。第二次世界大战后，任《文讯》月刊专职作家，并在《暹罗时代》周刊上发表了百余首诗歌，是当时著名的进步诗人、作家、评论家和新闻工作者，他的诗在泰国文坛上有着广泛和深远的影响。

《东北》是二十世纪五十年代出现在泰国诗坛上的一首很有影响的抒情诗。它是对泰国贫瘠的东北大地的控诉和怒吼！诗的开头，通过写荒沙、烈日、枯田、干河以及人们的悲泣，浓重地渲染出旱灾肆虐下的凄惨气氛。接着用"难道因此，你才荒凉贫瘠？"一句反问承上启下，进而揭示东北贫困的症结，一步步将矛头直指吮吸人民鲜血的上层统治者，使人在慷慨激越的氛围之中，也随之心潮起伏、久久难平。

东　北

天上没有水，

地上只有沙砾，

滴落的串串眼泪，

眨眼渗干，无踪无迹。

烈日像要烤炸脑壳，

干涸的田野裂纹遍地，

一颗颗战栗的心啊，

哪年哪月不再哭泣！

最大的水源，只有个"寒池"

兰蒙河里充斥着鬼蜮。

养穿生命的兰琪水啊，

如今也只剩下涓涓滴滴。

望一眼，触目惊心，

东北啊，难道这，就是你！

百思不得其解，

难道因此，你才荒凉贫瘠？

亲爱的同胞，

你的心在想什么？

你期望得到啥？

为何默立不语？

人们说，你们愚昧。

可朋友们啊，

你们回报人们的依然是真诚的爱，

那么，为什么还会遭人鄙夷！

诚实，被讥笑为傻瓜，

那么谁，才堪称真正的君子？

是那些"聪明"的议员吗？

他们分明心黑手辣，精于营私舞弊。

欺诈我们的，

是谁？揭露他吧！

瞧他们到处奔走，

把我们的鲜血吮吸。

他们像瘟疫劫夺残生，

怎能不使人悲愤交集！

多少年不惜性命的容忍啊，

哪一次换来过好运气。

天上没有水，

地上只有沙砾。

滴落的串串眼泪，

似鲜血浸润着大地。

我们的双手结实有力，

我们抗争的呼喊有人倾听！

同情东北的人们啊，

挥起双拳斗争！

呼啸的狂风，

会把整片森林夷为平地。

千千万万的东北人啊，

天下谁能敌！

（裴晓睿　译）

塔威翁

（一九二八年至二〇〇五年）

本名是塔威·沃拉迪洛，泰国著名诗人和"国家艺术家"。同时，也是泰国著名作家、"国家艺术家"瓦·沃拉迪洛的弟弟。一九二八年八月二十五日出生于曼谷一个官宦家庭，父亲曾做过甲米和春武里府的府尹。塔威的兄弟姐妹中共有八个，包括他在内的头四个都成为泰国文坛颇有名气的作家。一九九五年塔威本人也获得了国家文化委员会颁发的"国家艺术家"终身成就奖。

塔威的青年时代是泰国军政府高压独裁最黑暗的时期，他的求学和写作生涯一直与政治牵连。在法政大学本科学习的最后一年，因为担任学生和平联合会的副主席而被学校除名，没有拿到学位。离开学校后，他和当时大多数作家一样投身报刊业工作。一九六〇年，被军政府以从事共产主义活动而抓捕入狱，一同被捕的还有著名学者诗人集·普密萨。在监狱期间，他通过自学考试取得了律师资格证。一九六三年出狱后，他做了一名律师，同时也翻译和写一些诗歌。出版有诗集《要做初升的太阳》《影之墙》，等。

二〇〇五年四月八日，塔威因心脏衰竭逝世，享年七十七岁。

一颗明星

小小星辰编织光辉把笑脸掩藏，会眨眼的玫瑰映在天堂。
一缕风把皎洁的面容轻抚，星的低语在夜空里回响：

"亲爱的风啊，你永不停歇，
总是尽情在天地间颉颃。
在地上看到什么？又听到——
天上什么消息？请告诉我吧！"

风轻吐悦耳的玑珠，在昊空连缀起动听的音符：
"我游遍大地，无所不闻；
我徜徉穹宇，纵览远近。
得到的启示我坚守心底：
天地万物都在变化更易，
一微尘，一微尘，毫无止息，
永远在运动、轮转不停。
看到生命短驻、瞬息便无，
再宝贵的光芒也消逝无踪。
从生命之卵到生命成形，
轮转出生全为了化作泡影。"

星星动人的笑声带着轻嘲：高明的风神竟如此敏感多虑，
辉煌的生命既然已降生，又岂会熄灭、回归原初？
"我自亘古就把欢乐的光辉织就，
如此美丽！必跨越时光尽头。
畅游天地的风却来靠近，
开启的哲言为何这般荒唐……"

小小明星话音刚落，闪烁的光芒忽然暗淡；

顷刻滑落、陨殁大海，徒留对繁华天界的眷恋。

纵使明白却总是痴想：光辉的生命能永远辉煌。

不论固执地挣扎抑或抵抗，终将孤独地走向死亡。

（熊燃　译）

古腊莎·荣若狄

（一九三一年至今）

　　真名是坤英·昆莎·格曼吉，毕业于朱拉隆功大学文学院，后陆续获得师范学院硕士和图书管理员资格证，进入政府工作，曾任国家图书馆馆长和艺术厅厅长。一九五四年开始创作诗歌，著有诗集《月亮》，诗歌创作主要集中在二十世纪五十年代。昆莎认为诗歌应该遵照格律，是传统诗律的倡导者，她的平律格伦体诗歌《田野在哭泣》，延续了有"格伦体诗歌之父"之称的顺通蒲所开创的音韵特征，既有句内押韵，又有句间押韵，既有尾韵又有头韵，每句始终遵循"三／二／三"的音步，从而构成节奏的抑扬变换，用音韵上的沉郁顿挫与意象上的哀婉凄绝构成和谐统一。

田野在哭泣

我目光所到处是茫茫田野，
被水覆盖的大地在低声抽咽。
庄稼断了秆儿，身子东倒西斜，
离开了土地，在浪涛里自生自灭。
稻子在水里打着冷战，风呼啸——
大浪劈来，心头哀痛变为凄绝。

即便赐你唇舌来谴责这天地：
"只会把苦难者吞噬，这雕虫小技！"
上天也只会降下冰冷的泪水，
倾泻成可怖的雨，把天地卷席。
茅屋吞着流水宛如诀别，
金色大地瞬间消失湮灭。

大地之母啊，快听这些呐喊，
口中倾诉的是无法脱离的苦难！
田里的稻子被天舍弃，没入水间，
生已无望，挣扎又有何益？

神力无边的暹罗神啊！祈求你——
为苍生把光明之途开辟！
让悲泣的大地笑颜重拾；
让心灵从绝望的徒刑中获释！

可悲啊，哪怕千万张嘴呼声震耳，
神灵却无动于衷，残忍拒绝。

他们养育了天下，反遭痛苦酬谢，
他们内心的煎熬，谁人能了解？

我凭靠天堂般幸福的国都，
远离痛苦，听笙歌心旷神怡。
光芒四射的高楼耀眼夺目，
才知道：原来生活有多种维度。

这世上，穷苦者只会愈加穷苦，
灵魂久久地被痛苦依附。
即使向天呼告："举起秤杆！"
秤杆也还是向幸福的一方偏去。

要到什么时候，天神才会把秤杆举平？
向养育这沃野的他们馈以福祉。
让金色的稻穗永远绵延相续，
让河水的涨落总是恰到好处。

（熊燃　译）

集·普密萨
（一九三〇年至一九六六年）

　　出生于泰国东南部的巴真武里府，幼年时曾跟随父亲在今天柬埔寨马德望省居住和学习过，自幼就显露出对语言文字、人文历史方面的钻研兴趣和天赋。一九四七年，泰国向柬埔寨归还马德望省后，集·普密萨便跟随母亲迁居华富里府，后来考入朱拉隆功大学文学院。

　　一九五三年，集·普密萨成为朱大学生会会刊《大学》的主编。他不满过去刊物中一直重复的内容，决心从版面到内容进行一番整改。然而这次改版，却因为其反映社会问题、揭露不合理的旧价值观、批判社会剥削和压迫的左翼倾向，激起保守派势力的强烈不满，从而引发了泰国知识界一场著名的群众暴力事件。一九五三年十月二十八日，集·普密萨被警察押至学校大礼堂当众受审，并在众目睽睽之下被一群学生扔下了楼梯，摔成重伤。事后，朱大校务委员会向他下达了长达一年的休学令。这次事件对他的影响巨大，可以说是他整个人生甚至思想的转折点。

　　休学期间，集·普密萨逐渐接触了马列主义，走上"艺术为人民"的进步文学道路，他在泰国文艺界首次系统地阐述了"艺术为人民"的理论，深深影响了二十世纪六十年代以后崛起的泰国知识分子，而他们中的很多正是今天泰国文学的领军人物。

一九五八年十月二十一日，集·普密萨被政府以"相互勾结破坏国家内外领土安全及从事共产党活动"的罪名逮捕入狱，直至一九六四年才获释出狱。此后，他一直受到军政府的严密监视和右翼分子的恐吓。一九六五年五月，集·普密萨下定决心进入丛林参加泰共。一年后，他在一次政府军的围剿中不幸身亡。

集·普密萨在短暂而颠沛的一生中，为泰国知识界留下了不朽的精神财宝，他的诗集被列入一百部泰国人必读书目之中，在今天依旧产生着影响。

啖 饭

啖下口口的饭，你以为是当然！

吃下我的汗，成就你的人寰。

这饭啊有滋味，各色人都来舔。

痛苦在背后蔓延，酿苦涩为霉酸。

苦力化为谷粒，是漫漫长途。

一粒粒的晶莹，千万万的苦辛。

落下多少汗滴？多少艰难凝聚？

撑断多少筋骨？才化稻谷为食粮。

汗水渗着微红，是气力在流淌。

全都是我的血，是你在吸吮、浸润牙床！

（熊燃 译）

信仰的星光

皎皎星光，微影轻摇；

辉洒穹宇，照星海迢迢。

如心灯灿，护光明常耀；

若旌旗飘，渡苦海厄涛。

暴风卷天，怒吼咆哮，

月光熄，任天昏地杳。

信仰的星仍璀璨高照，

鼓舞人，令心志永葆。

去嘲笑，那困阻、荆棘与险坳！

总有人迎战，且屹立不倒。

哪怕天昏昏，月殁光影消，

星仍闪着信仰，把天地戏嘲！

（熊燃　译）

巴雍·松通

（一九三四年至今）

　　生于那空帕农府一个农民家庭，毕业于朱拉隆功大学文学院。著有诗集《珍惜至极》《大地信札》。他最著名的诗篇有《金溪》《萤火虫》《哭吧，爱人》《直到世界呐喊》，被泰国格伦诗人协会评为"榜样诗人"，并曾担任泰国作协主席。

　　巴雍从大学时期起就开始写诗，他的诗歌遵循着顺通蒲开创的格伦诗歌传统，擅长抒情，充满古典浪漫主义色彩。

人生若如舟

我们的人生像驶离港口的舟，
不知今夜将栖宿哪个洲头。
是漂浮、覆没、沉入水中，
还是满意地靠岸？——却仍旧担忧：
当天空泣雨，只能饮下泪水；
越是黄昏临近，越哭泣伤悲。
在回风中喘息、憋足气力，
才知眼眶中已干涸了泪水。
因为——
如果一味地痛苦悲伤，
如何能稳住船头驶向前方？
必须击楫摇桨逆天风行进，
没时间再让痛苦挤占心房。
集中精神紧盯前方的水路，
在激流中不任由舟身沉浮。
不随水漂荡便逆流勇进，
才会不偏不倚趋向前途。

这世间的东西本当追逐争取，
若是松一口气抬手让与，
必将一败涂地，别妄想——
还能留这身躯，与谁竞技！

我们的人生像驶离港口的舟，

须知今夜将栖宿哪个洲头。

到黎明，再奔赴下一个渡口，

直到凯旋日举旗宣告愿望成就！

（熊燃　译）

威塔亚恭·清功
（一九四六年至今）

　　出生于萨拉武里府（旧译北标府），中学时随父母迁居到吞武里府，并进入玫瑰园预科学校就读，后来升入法政大学经济系。一九六八年，还在法大学习的威塔亚恭在校庆日发表了诗作《学院的野歌》（又名《我来寻找意义》），轰动一时，被广为传诵。这首诗写出了在政治高压下二十世纪六十年代青年学生的内心呐喊——"我年轻、愚笨又迷惑，/我于是来寻找意义。/我期望满满的收获，/给我的却只有薄纸一张。"因此获得了广泛共鸣。"我来寻找意义"甚至被泰国文学史家借用过来作为一九六四年至一九七二年这段特殊的文学发展年代的称谓。

　　威塔亚恭的诗歌作品主要集中在青年时期。大学毕业之后，他进入一家知名的出版社工作。一九七六年"十·六事件"发生时，他偕同妻子出国了一段时间。回国后先在银行任职，后来进入禳喜大学执教至今。

我来寻找意义

"凤凰花朵红殷殷，
开满了整个天堂。
人们来来又往往，
寻觅着什么，那般匆忙？"

智慧可在这儿出售？
哪里又可将它争购？
如何冠冕堂皇价多少，
只管叫父亲卖田来筹。

我来了、见了，也倦了，
耳边尽是辱骂笑我蠢。
这儿的歌不如家乡的甜，
谁若是不懂便遭人嫌。

这宏伟的大学啊，
到底有什么可传授？
即使他什么也不给，
安静就好，别抱怨喧闹！

我年轻、愚笨又迷惑，
我于是来寻找意义。
我期望满满的收获，
给我的却只有薄纸一张。

这宽广的学府昏幽幽，

任我孤零零地奋斗，
拖着步子徘徊终日，
茫然地把智慧寻购。

"凤凰花朵红殷殷，
开满了整个天堂。
足够让你分得一份，
摘吧！别错过一场……"

（熊燃　译）

素吉·翁帖

（一九四五年至今）

　　生于一九四五年四月二十日，巴真府人。一九六四年进入泰国艺术大学考古系学习，一九七〇年毕业。素吉从中学开始就热爱写诗，他十分厌倦当时十分流行的爱情诗歌，而是对充满乡土气息和文化底蕴的民俗歌谣情有独钟。一九六四年，他和坎猜·汶班共同出版了处女作诗集《纪行》，次年又出版了《格伦民歌》。一九六五年，他和素婉妮·素坤塔、瑙瓦拉·蓬派汶、沙田·詹提玛通等诗人、作家们联合创办了刊物《飞檐》，并以此园地逐渐发展成了文学社团"郎姝社"（全称"郎少姝华社[1]"），成为活跃在六七十年代文坛的重要文学社团之一。

　　大学毕业后，素吉·翁帖先后在《沙炎叻日报》和《泰叻日报》担任编辑，后来又辗转创办过报纸《民族日报》《民族周刊》，但都最终夭折。直到一九七九年，他创办的《艺术文化》月刊获得了广泛的好评，

1　郎少姝华社：社名源于阿瑜陀耶时期的文学作品《十二月》中的诗句"郎少姝华"。由于他们中的多数都是风华正茂的少男少女，对艺术、考古和古典文学兴趣浓厚，遂用古典文学中的诗句来作为社名。

他也一直担任该期刊的主编，直至今天。

除了诗歌之外，素吉·翁帖还创作小说和学术性文章。他的作品一直延续着对古典文学、传统文化和历史文化遗产的热爱和保护意识。一九九三年，他获得了"西巫拉帕文学奖"，二〇〇二年获得了国家艺术厅颁发的"国家艺术家"奖。

昆通之歌 [1]

寺宇呵佛堂，七棵糖棕种在旁。
昆通去了战场，至今不见回乡。
盛饭装入行囊，撑船去寻儿郎，
人们却都传闻，昆通已经阵亡。

汽车载着知了，火车带着鹦哥，
发出热烈的叫喊："昆通啊昆通！
你离开家园，在那初晓的黎明，
不忘回首嘱托：哥哥就去几天。"

为了自由的权利，为了邦拉占的尊严！
昆通啊，这稚嫩的小鸟，便离开了家园。
斜挎布织的背包，装满月光的书简，
昨夜的泪痕，在纸本上留下斑点。

昆通啊，你哭泣，在深夜的房间，
你说子弹射向玉兰，死亡洒满湄南。

---

1 《昆通之歌》：是一九七三年十月十四日学生运动爆发两天之后，刊登在《泰叻报》上的诗歌。素吉巧妙地运用了中部地区广为流传的摇篮曲《寺宇呵佛堂》的格律形式，延续了旧歌谣甜美而又忧伤的风格，并将所歌唱的民族英雄"昆通"的形象，与现实中英勇而又稚嫩如鹦哥鸟儿（昆通也是一种鸟的名字，学名鹦哥）一般的青年学生加以意象的叠加，从而赋予旧的歌谣以新的内涵。"昆通"，由此而成为指代七十年代那些青年学生的代名词，不少作家都受其启发而创作了反映那个特殊年代的作品，其中最为著名的就有阿萨希里·探玛绰的短篇小说《昆通，你将在黎明时分归来》。另外，著名诗人瑙瓦拉·蓬派汶的诗作《稻田上的笛声》，也化用了《寺宇呵佛堂》这首摇篮曲的开头。

孩子啊孩子，你怎能无动于衷？
母亲来将你召唤，父亲也双眼望穿。

你既非战士，何曾经历伤痕？
瘦小的身躯，只才几年书本的浸润。
亲爱的孩子，母亲深知你的忠心；
父亲也明白，你对这土地忠孝至纯。

可他人怎知晓？因陀罗不在他们中间。
人们或许能听到，可权力却蒙住了双眼。
孩子，你说你知道，所以用非暴力手段。
爹娘还在等待，已不知多少黑夜与白天。

早上田菁花儿开，傍晚山石榴吐蕊。
出夏节的巡行队，来到威严的纪念碑。
昆通的身躯已不在，只有宪法的条文。
心中悲痛还在蔓延，却因孩儿你而自豪。

（熊燃　译）

瑙瓦拉·蓬派汶
（一九四〇年至今）

是泰国当代最著名大诗人之一，获得泰国"国家艺术家"奖，被称为"叻达纳哥信时代的诗人"。一九四〇年三月二十六日生于北碧府，从小在乡间田野长大，在本地寺院念完小学后，中学先后在北碧府和曼谷念完，后来考入泰国法政大学法律系，但是却花了七年时间才毕业。大学毕业后按照泰国男子的习俗出家一年，还俗后在泰国瓦塔纳帕尼出版社任编辑，不久又到泰南的宋卡城市大学任教，教授文学创作方面的课程。

瑙瓦拉·蓬派汶受家庭的熏陶，从小就喜欢诗书和音乐，特别是笙笛，这些都成为他毕生的艺术追求。瑙瓦拉的父亲非常热爱泰国古典诗歌，并激发了他的作诗热情。中学时，在父亲指导下，他写了第一首克龙体诗歌并发表在北碧府一本当地杂志上。

一九六九年，瑙瓦拉出版了第一本个人诗集《语珠》，这是他早期诗歌的代表作，第一版就售出四千本，大受读者欢迎。他的早期作品讲求诗的艺术性，素以格律严谨、语言优美著称。诗作内容大多体现中产阶级的思想感情。一九七三年"十·一四"泰国学生反独裁运动爆发前后，他的诗逐渐转向反映社会生

活和人民群众的正义斗争。他将娴熟的技巧、丰富的
生活阅历、对民族对人民的深厚感情以及对邪恶势力
的厌恶和仇恨，皆融于纸墨之间，写出了不少反映时
代呼声的名篇佳作。除了《语珠》之外，瑙瓦拉的代
表诗集还有《日月之间》《只要动……》。其中，《只
要动……》曾获得一九八○年的东盟文学奖，这是泰
国国内文学的最高奖，瑙瓦拉也是第一位凭借诗歌获
得东盟文学奖的诗人，并自此蜚声文坛。

只要动……

只要雄鹰扇动矫健的双翅，
灼热的天空便凉意顿生。
只要树叶儿轻轻摇摆，
便预示顷刻间定然起风。

只消看粼粼碧波泛起银光，
便知是一池清水，绝非明镜。
只消看那双愁目含惊恐，
眸子里便映出怯懦的心灵。

锁门的铁链一旦扯断，
苦难的呼号便响彻云空。
只要远方透出一丝闪亮，
人生的途中便有了光明。

紧握的拳头攥出了汗水，
周身的热血早已沸腾。
喘吁吁跌倒了再爬起，
战斗中甘苦备尝其乐无穷。

只要手指还在颤动，
身体中定还蕴藏着惊人的力量。
倔强的小草一旦冲出石缝，
威严的草儿便会茁壮成长。

四十年 [1] 一片空寂，
四千万 [2] 悄然无声。
土变沙，木变石，光阴流逝，
眼已闭，心已死，昏昏然沉入梦境。

鱼在水中望不到水，
鸟翔蓝天不见苍穹。
蚯蚓岂知泥土的肮脏，
蛆虫哪有识别污秽的眼睛。

这样，死一般的沉寂啊，
便令人可悲地弥漫滋生。
然而，终会有一天——
新荷出泥，娉娉婷婷。

从此沉寂中便有了动。
那是美，是画，绝非龃龉，
也许还柔弱、朦胧。
可她毕竟有了肢体，是一枝实在的水芙蓉。

每当寺庙的钟鼓咚咚敲响，
便知又一个"佛日 [3]"来临。
一旦枪声震撼大地，
便宣告了人民胜利的日子已经临近。

（裴晓睿　译）

1　四十年：系指自一九三二年泰国民主革命至一九七三年十月十四日学生反独裁运动爆发前的一段历史。

2　四千万：指泰国一九七三年时的全国人口。

3　佛日：指佛教徒去寺庙聆听僧侣诵经的日子。

诗

诗——

是鲜花绽放前的瞬间；

是刚刚发芽的梦境；

是造词匠熟稔的技巧；

是情感的第二种言语；

是发着酵的情感深处；

是真理焕发的生机；

是在追溯中久久牵绊的记忆。

你既是诗人，

便须美好而圆融，

丰富，和谐，快乐；

灵魂追索着思想与乐音；

从生活中把生活铭刻，

用韵脚幻化出辞藻；

在心与心间押画出清晰的旋律。

诗，就是字词之间的无限。

（熊燃　译）

林中叶

丛林边飘落的一片树叶，
也好过都市里那些黄色的——
叶片，终将毫无意义地凋零，
在人的丛林里化作黑色污点。

丛林的落叶把森林滋养，
俯下身躯使根茎茁壮。
如同母亲用乳汁哺育婴童，
使其成长，遍布国疆。

当城市被野蛮人充斥，
好人便卑微形同砾石。
当林中生灵自食其力，
城市众生只有另谋他路。

集·普密萨是这树叶的名姓，
陨落，却在世间留名。
仿佛深林之烛将光明唤醒，
不枉用仅有的气息与风相迎！

风和着芦笙把愤恨合奏，
嘴吞进米粒一次次咽酸楚入喉。
汗水把我干涸的双眼浸透，
身躯被疾病折磨得绿而发臭。

枪声总高过嘴里的呐喊，

凄冷黑暗的一生终落下帷幔。

但非凡的灵魂却长存不朽，

一如夜愈深愈耀眼的星宿。

时光吞噬了他[1]的身躯，

时光也见证了他的价值。

时光一次次把好人吞没，

时光也不断为好人歌颂赞语。

一片树叶在丛林边落下，

为了催生叶叶新芽。

一颗明星在今日陨灭，

为了更多群星绽放光华！

（熊燃　译）

1　他：即集·普密萨。

伽蓝经新说

一个村庄名叫"卡拉玛[1]"，
乱象丛生，事件频发。
群龙无首，鼠辈倾轧。
每个角落都是混乱与嘈杂。

哪里热闹，人群便蜂拥，
寂静与愚昧，愈发昏庸。
竖起耳、摇着尾，步伐便移动，
永远是传闻不绝、谣言成风。

如是佛陀怜悯众生，
宣说佛法，断除迷惑。
十条思想来自教理，
所有人等安静谛听：

"一，听来的消息莫相信；
二，常行的事情不可信；
三，流言蜚语不得信；
四，经典教科莫轻信。

1　卡拉玛：这首诗的典故出自于《卡拉玛经》。该经文收录在巴利语三藏经中的增支部。相当于汉译《中阿含十六经，伽蓝经》，伽蓝，为拘萨罗国的一族。该经记载了佛陀对伽蓝族人的说法，其中最著名的是劝伽蓝人摆脱愚昧的十项告诫，即：不要相信口耳相传的传诵；不要相信传统；不要相信谣言；不要因经典的权威而相信；不要因推测而相信；不要因定理而相信；不要因似是真实的推理而相信；不要因深思熟虑的见解而相信；不要因他人拥有的能力而相信；不要因认为"这位比丘是我们的老师"而相信。

"五，莫因猜测而妄信；

六，预料推测的不能信；

七，不因深思熟虑而坚信；

八，不因符合传统而确信。

"九，不因应该、为了而相信；

十，开始才是真实的信条。

人心哪有可信处？

去观察吧，那因果和道理！"

（熊燃　译）

告慰友人歌

雨季已逝去，时间走向死亡。

太阳发着烫，鲜血正流淌，大地在摇晃。

长鸣的钟声不绝，久久地回荡。

枪口猛烈地射击，打向不死的魂灵。

朋友啊，你走了？为何不留下来倾听——

那是你向往的正义，依旧不见踪影。

风徐徐低吼，黄昏催太阳入梦。

拉查丹能路上，已是人民的荒冢。

纪念碑矗立，光辉有谁瞻仰？

友人的骨灰，洒满黄金高脚盘。

天高高在上，不颔首低望。

谁来把你慰藉，安抚心之殇。

路还黑暗漫长，我们将迈步勇往。

不惜把自己燃尽，做照亮祖国的烛光！

紧挽着臂膀，无畏地抵抗。

锣鼓钟声将回响，前去把良友拜访。

当枪声再次怒响，我们将排成铁墙。

将心愿传递，把人民的胜利宣扬！

（熊燃　译）

鸽　祭

单手捏紧嘴角的烟头，
眯眼向前锁定住枪口。
成排的走卒俯卧凝望，
集结的队伍歪歪扭扭。

渗血的面孔争相出手，
拉扯拽曳与枪尾斗殴。
扬起的木棍狠狠击打，
飞溅的鲜血仍在挣扎。

吊起脖子，身躯拉到广场，
身后血还在淌，流成破碎的一行。
煞白的身子光秃秃地静躺，
成堆的木棍，血迹还红着发烫。

脖子被挂起，舌头打着蔫儿，
破烂的身体晃悠在半空打旋儿。
飞掷的铁椅猛烈抽打，
鞋子强塞进嘴里把腮帮涨满。

堆叠的尸首用轮胎压盖，
火苗忽蹿，升起道道烟幕。
发焦的肉体因死亡而扭曲，
如同被砍倒后残留的乌木。

举起木棒抽打每一个胸膛，

都已无力挣扎，停止了反抗。
铁盔和长枪齐整地列队成行，
光秃的头顶在中央泛着黄光。

一幅紧接着一幅，清晰的画面；
一颗又是一颗，身上的枪眼；
一天过了一天，丝毫没有黯淡，
愈来愈鲜明地，烙印在心田。

（熊燃　译）

稻田上的笛声

"寺宇呵佛堂，
七棵糖棕种在旁。
昆通去了战场，
至今不见回乡……"

我的笛声愤怒而忧伤，
嘶哑的音符颤抖着击扬。
吹出乐音飘升至天际，
绵延成长音在此刻回响。

风徐徐，令万物澄明，
每个字眼都那么的清晰：

"这片田野有它的名字，
不得跨越处是它的禁忌。
谷丰水美，稔岁年年。
我爱我的土地，坚心不移。
祖与孙，父与子，紧缚一起，
骨与肉，血与身，牵绊大地。"

稻叶扶疏排成滔滔巨浪，
风和着糖棕叶噼啪作响。
颔首的老茅屋一如既往，
隐隐飘来新稻的米香。

盛起米入囊，赶往迎候，

昆通呵，黎明时你将归来。
笛声渐起，宛转抽泣：
昆通啊，怎么看不见你的身影？

黯淡的晨曦泛着血红，
萎靡的大地水光蒙蒙。
断断续续，笛声残落，
远方的呐喊犹在轰隆。

（熊燃　译）

昂堪·甘拉亚纳蓬
（一九二六年至二〇一二年）

是泰国当代最重要的诗人之一，同时也是一名画家，获得"泰国国家艺术家"荣誉。一九二六年二月十二日生于洛坤府，在当地读完小学和中学之后来到曼谷，进入工艺学校学习艺术。之后进入艺术大学美术雕塑系学习。大学三年级时，突然厌倦了大学生活而离开学校。不久之后遇到著名艺术家弗厄·哈里皮塔，并跟随其学艺，在泰国各个名城古迹，如西萨查那莱、素可泰、阿瑜陀耶、佛丕城中搜寻古代绘画并临摹学习。这段经历对他的诗歌创作产生巨大影响。

昂堪从中学开始写诗，在艺术大学的时候开始在校刊上发表作品。一九六三年，诗歌《舀海》在《社会学评论》杂志上发表，引起人们的广泛讨论。一九六四年，第一部个人诗集《昂堪·甘拉亚纳蓬的诗》出版，使得他声名鹊起。之后，他又陆续推出几本个人诗集，如《宝林诗钞》（一九七二年）、《洛坤城纪行》（一九七八年）、《露水是时间的泪滴》（一九八七年）等。一九八六年，昂堪出版了诗集《诗人的决心》并凭借该诗集获得了当年的东盟文学奖。

昂堪·甘拉亚纳蓬不仅是一位诗人，同时也是一名出色的画家和艺术家。他的诗集都配有自己手绘的插画。他认为文学和艺术在本质上是相通的，都依赖人的情感和想象力，不同的只是使用的技巧和语言。或许正是因为如此，昂堪的诗歌意象新奇、想象丰富，宗教与神话经常被他化用在作品中，但是又不拘泥于传统的寓意，而是赋予其新的内涵。他对待艺术的态度虔诚有如对待神明，认为艺术和宗教一样都能净化人的心灵。他的诗作长于直抒胸臆，且经常出语惊人。在诗歌形式上，他不拘泥于旧有格律，而是在旧有的格伦诗体式下自由灵活地运用头韵和尾韵，形成独具一格的有韵诗体，甚至被人们称为"昂堪体"。

舀　海

舀起大海倒入碗，
餐食白色的菜肴；
伸手摘几颗星辰，
来和着盐卤一起嚼。

看，螃蟹和贝壳正舞蹈！
摇摆着身躯，高歌着无聊；
蜥蜴和多脚虫也飞上云霄，
要去把太阳与月亮吃个饱。

癞蛤蟆坐上了金轿，
在天堂里巡游好不逍遥！
牛蛙们也跟过去凑热闹，
神仙们却躲进了椰壳。

蚯蚓追赶着天女戏调，
飞天打着寒战，天界都在摇；
细菌、真菌和阿米巴全发了狂，
个个都出人头地、趾高气扬！

神之王厌倦了神仙殿，
飞身下界，把污秽狂咽，
一个劲儿地把粪屎称赞：
"神奇的美味啊！妙不可言！"

茂密的丛林深邃荫翳，

神秘奥义正窃窃私语。

锯末飞溅，洒落梦呓，

把影子的重量嘀咕算计。

神奇啊！竟妄图把天吞噬！

荒诞世界里遍地是无知！

贪婪、嗔怒、痴迷与蒙昧，

蠢笨透顶！真真是妙极！妙极！

（熊燃　译）

往昔铭文

世界是座大图书馆，
新老的文字都可读阅；
每片树叶都有趣闻，
雨水中是万千奥诀。

将往昔刻于尘土，
石上布满天堂的文书；
那好心的大地女神，
把万物娓娓传述。

水在岩石上刻下影子，
倾泻出珍贵的天字；
芸芸众生轮转枯亡，
留下生命奥哲供人吊祭。

每一粒尘沙都无价，
堪比那水晶的七彩华；
可若是缺少了沙土，
宝石又有何价？

万物的价值皆均等，
天平称来无不平衡。
天地考验着思想的力量，
考验着灵魂和想象。

有些美如此的清晰，

蕴藏着纯净的诗语；

森林河水唱着词曲，

炼出神药，抵挡衰老的流逝。

将目光打磨利锐，

抽取强大的智慧；

学习土、水和天的语言，

享受欢愉的滋味。

会发现生命的意义——

就在这灵魂上铭刻，

用它将瞬息的一生，

幻化为超越死亡的永恒。

静止于时间分秒之上的——

是无比伟大的神力；

爆发出让人沉迷的巨大威力，

让这呼吸的意义延续！

（熊燃　译）

诗人的决心

谁敢拿天与海来交易？
这个神创造的纯净天地。
肉体终将分崩离析，
交与茫茫的苍宇。

我们非空间的主宰，
世界、元素乃至层层天界——
日月何曾由人类幻化而出？
哪怕是一粒沙或是尘埃。

为争夺土地而残忍地杀戮，
为疯狂欲望让鬼魅附身；
忘记了坟冢、道德与良知，
失去了安宁，迷失的灵魂。

这世间万物林林总总，
当知其奥义绝非寻常；
爱护土、水和天空至永远，
为了升入璀璨的神的殿堂。

田野森林绵延连亘，
崇岭直插忉利天宫。
鹿牛虎猿，野兽成群，
世间遍布无数的蚁虫。

多像休戚与共的密友，

同生在无常轮回的激流；
生命的意义久未开启，
天上的晨星迷人依旧。

即使有人升入天堂、解脱了羁縻，
月亮星河把大道筑起；
我也依旧只爱这个世界，
生生世世把心交付大地。

即使能入涅槃也不改变，
甘愿在万般轮回中轮转，
将无数星辰的奥义，
翻译成献给宇宙的诗篇。

为了擦净人间的苦哀，
抵达幸福快乐的终极；
那时，我将融为沙泥，
成为苦苦守望的化石。

生命若无对文字的痴迷，
追寻奥义便空有梦语；
可怜这生命的区区形骸，
在恐怖的炭火中一何悲哀！

当诗歌震颤的天空已干涸，
荣耀的彩虹便织就；
我将告别这亲爱的人间，
一心去幻化心灵的宇宙。

在伽普格伦克龙阐[1]中浸润,

在诸天、梵天的圣地翱翔;

用艺术创造永世的功德,

跨越地久与天长。

（熊燃　译）

1　"伽普""格伦""克龙""阐"：是泰国的四种诗体形式。

陈　壮

（一九三四年至一九九〇年）

　　音译：蒋赛宕，是泰国著名的华裔现代主义艺术家、诗人、素描大师、画家。他出生于吞武里的湄南河边一个华裔家庭，父亲是从中国漂洋过海来的华人移民，母亲是生长在泰国的华裔。他原本在本地一所小学念书，后来二战爆发被迫中断，自那以后一路靠自学通晓了泰文和中文，能够熟练地将中文翻译成泰文。

　　陈壮的艺术生涯始于绘画，他自幼就喜爱绘画，从最初的临摹开始逐渐向抽象主义过渡。二十世纪五十年代末六十年代初，抽象表现主义席卷美国主导的西方社会，他的抽象绘画却深受中国传统书法以及图像、文字、物质三者关系的影响。这些也影响到了他后来的诗歌思想。

　　陈壮从一九六七年开始发表诗歌作品，他的诗歌别树一帜，完全不遵从泰国诗歌的主流传统，不受韵律规则的束缚，单纯追求字词垒筑的意象与诗境。在思想上，他将佛教与道家融合，追求修心止念、超然物外，这也使得他的诗歌往往高度意象化、充满想象和哲理，颇带些中国古典诗歌中语词少而意境悠远的特点。

　　陈壮对泰国现当代诗坛影响深远，他的作品自一九六九年起就在泰国高校的艺术人文专业学生中引起极大反响，以至于他不得不经常受邀在各个大学讲学或举办讲座，甚至有些学生放弃学业专门投师其门下，他们中就有日后成为著名当代诗人、作家的萨西里·弥颂舍。

陈壮年仅五十六岁便溘然长逝，他为后人留下了大量艺术遗产。其中包括诗歌在内的已出版的作品集就有十六部，还有大量作品尚未出版。

孩　子

母亲把甜点给了孩子，
树上的果子甜了。

树叶今天在阳光下闪耀，
枝丫今天摇曳……在风里。

孩子啊，母亲抱着你，
坐在这片树荫下嬉戏。

（熊燃　译）

逃

赶赶赶赶赶赶赶赶赶赶赶赶赶赶赶赶赶赶赶——
不上光阴。
逃逃逃逃逃逃逃逃逃逃逃逃逃逃逃逃逃逃逃——
不脱死亡。

（熊燃　译）

瓦尼·乍荣吉阿南

（一九四八年至二〇一〇年）

　　出生于素攀府。一九六七年进入泰国艺术大学学习，一九七二年获艺术学学士后留学美国，于一九七七年获得加利福尼亚州立大学艺术系硕士学位。

　　瓦尼·乍荣吉阿南是一个十分丰产的作家，他自幼喜欢文学，一九六四年便发表诗歌处女作。他的创作体裁涵盖了诗歌、小说、短篇小说、剧本、散文、儿童文学及专栏文章等，因此有人戏称他为"杂货铺作家"。不过，他最为擅长的还是小说。在创作风格上，他深受可称作"泰国大文豪"的克立·巴莫亲王的影响，文笔诙谐幽默，用词浅显易懂，但是却又生动形象。一九八四年，他创作的短篇小说集《同一条巷子》获得了泰国文坛最高奖——东盟文学奖，一九八七年，他的长篇小说《毒蛇》获得国家图书周优秀长篇小说奖。

　　作为在二十世纪七十年代度过青年时期的一位作家，"十·一四"事件的影响是毋庸置疑的。那个年代成长起来的知识分子，对自由有着近乎宗教一般的执着。这一首《自由》之歌，正是那个时代的一段心灵独白。

自 由

我们已准备好，直面鲜血与坟墓。

只为了换取——那自由和民主。

拖着铁链铮铮，我们迈步攀登。

徒手斩断荆棘，赤脚踏过火坑。

我们昼夜兼程，身系梦想之绳。

把梦一股股编织，绵延成明日火种。

不论刀锋剑刃，我们都准备相迎，

哪怕皮开肉绽，哪怕鲜血淋漓；

只要气息尚存，就将再度起立。

合乎正义的权利，即使在子弹尽头。

枪声轰轰隆隆——惊醒沉睡的魂灵。

不是受苦的奴隶，也非胆小的懦夫。

滴滴热血在飞溅，激起自由的火焰。

子弹终将落空，响声在城市回响。

一万个死亡仍有——成倍的替代者赶上。

终有一日在大地，我们将欢歌自由！

用慷慨激昂的战歌，逼得黑暗无处抬头。

战歌将振奋地高唱：自由！自由！……

（熊燃　译）

拉迈玛·勘查维
（一九五〇年至今）

　　原名是阿腊·卡卡纳，生于洛坤府，毕业于泰国艺术大学考古专业。毕业后做过中学教师和公务员，最后加入《民族日报》社担任编辑。他从大学时期开始写作，范围包括诗歌、评论、随笔。一九七六年"十·六"事件之后，将重心转向报刊编辑，任《民意周刊》诗歌和短篇小说版面的主编。

　　《佛》，是拉迈玛·勘查维发表于一九八〇年的一首配图短诗。这种诗歌形式在泰国始于二十世纪五十年代，但是真正流行开来是在二十世纪七十年代末。[1]它是泰国诗歌中难得一见的短小精悍、富有讽喻意味的小诗。

1　邱苏伦等编：《当代外国文学纪事一九八〇年至二〇〇〇年（泰国卷）》，北京：商务印书馆，二〇一五年，第六页。

佛

买佛鉴佛佛不现，

只识泥金作色身。

无明皆因殊法障，

痴望躯壳神通变。

赐予奇迹好情缘，

刀弹不破皮囊坚。

善恶随形全不知，

高捧泥沙作灵仙。

（熊燃　译）

瓦·宛腊央功

（一九五五年至今）

　　出生于泰国中部的华富里府，幼年时父母离异，后来先后跟着母亲、父亲生活。受到外祖父和父亲的影响，他自幼热爱阅读，很早就接触了诗歌。小学六年级就开始写诗，在同学间传阅。一九七〇年发表处女作《谋生的人》，此后陆续在《泰国天空》《粉花决明》等大众刊物上发表诗歌和短篇小说作品。后来逐渐结识了"文艺社"里的一批作家和社会活动家，这期间出版了成名作《白鸽》（一九七五年）、《从血脉中练就》（一九七六年）。这两部作品也使得他成为一九七三年至一九七六年青年学生们中间名气响当当的作家。

　　一九七六年，受到"十·六"流血事件的波及，瓦·宛腊央功被迫逃往山林。在山林政治避难期间继续写作，并出版了诗歌短篇小说集《愤怒的米》（一九七九年）、《林中蜜》（一九八〇年），和长篇小说《以理想的热情》（一九八一年）。一九八一年政治环境平稳后，他返回主体社会，继续从事创作和出版工作，一直笔耕不辍。二〇〇七年，获得了"西巫拉帕文学奖"。

　　瓦·宛腊央功是一位全面且多产的作家，作品涵盖了诗歌、短篇小说、长篇小说、散文、杂文等各种体裁，此外，还亲自创作歌曲并录制专辑。他的作品受"为人生"文学的影响较深，一直表现出对社会底层人民的关注，虽然二十世纪八十年代以后，政治色彩逐渐从作品中褪去，但是人文关怀却一直贯穿其作品的始终。

诗歌《香蕉没了》，延续了作者的一贯主题，但是在表现形式上却别具一格。它采用无韵的口语诗风格，语言十分简单，每一行诗句的末尾都以"香蕉"结尾。不过，这种语词的重复却并没有使得诗歌显得单调而无聊。这是因为，叙事成分和情节的快速推进，使得过多的语词和修饰成分反而显得多余，成为诗歌节奏的累赘。反而正是像作品这样近似孩童故事的简单语言，才能形成一种轻快而生动，仿佛浑然天成的效果。

用有限的篇幅和词句讲出一个扣人心弦的故事，并不容易。但是瓦·宛腊央功做到了。他像剥香蕉一样，一层层地将故事的谜底揭开。读到最后，读者仿佛也尝到了一番甜中带苦、笑后含泪的滋味。

香蕉没了

我家在小巷，巷名香蕉树。
家旁有猴聚，爱把香蕉吃。
猴子在园中，园中无蕉木。
每天入睡前，香蕉为我餐。
我有钱可用，用来买香蕉。
买来一大串，挂起慢慢吃。
早起去上班，工作赚香蕉。
傍晚回到家，香蕉影全无。
饿得眼发昏，饥渴寻香蕉。
寻寻撞见猴，拿着香蕉秆。
怒火从中起，把那泼猴踢。
气急又败坏，只剩香蕉皮。
真相终大白：香蕉非猴吃。
街坊数人见：有人偷香蕉。
偷者挖土工，不爱吃香蕉。
却有年幼子，香蕉拌饭食。
囊中空荡荡，香蕉买不起。
稚子饥肠辘，才来偷香蕉。

（熊燃　译）

吉拉楠·巴舍恭

（一九五五年至今）

原名是吉拉楠·毗彼查，"巴舍恭"是她的夫姓。出生于泰南的董里府，家里经营一个小商店，出售图书和文化用品，这使得她从小就受到书籍的熏染。中学时候开始创作诗歌，并获过诗歌大赛二等奖。一九七二年进入朱拉隆功大学学习。由于才貌出众，大学期间被评为"朱大之星"，并且结识了未来的丈夫，也是后来成为泰国著名文豪的社善·巴舍恭。一九七三年"十·一四"学生运动之后，吉拉楠的名字传遍了各大高校，她的诗句成为当时的名句。一九七六年政治风波之后，她和社善·巴舍恭一同进入丛林。一九七五年至一九八〇年间，她继续以笔名"彬拉·纳德朗"发表诗作。

一九八九年，已经回归主体社会并放弃政治运动多年的吉拉楠将自己历年的诗作整理成诗集《消失的树叶》，一经出版就获得巨大反响，并摘得当年的"东盟文学奖"，初版至今已再版三十多次，并入选"一百部泰国中小学生必读书目"。

花儿会开放

花儿。

花儿会开放，

纯洁勇敢，在心间绽放。

洁白。

少男少女正憧憬，

决心改变，燃起信仰的火焰。

求知。

对抗假象！

奋进向前，走进人民中间。

人生。

愿将自我奉献，

穿过迷惘，为了造福人间。

花儿。

为了价值而开放，

请慢慢地，久久地绽放！

在这里，以及在他方——

鲜艳的花儿，为人们献上……

（熊燃　译）

花的骄傲

女子有双手，
里面有内涵紧握；
转动腱鞘便是工作，
不受那锦缎的迷惑。

女子有双脚，
用它来攀登梦想；
共同携手伫立，
不妄图把别人的气力依傍。

女子有眼眸，
为把新的命运寻求；
放眼世界的辽阔，
不等待短浅的引诱。

女子有心脏，
是波澜不惊的火焰；
积攒层层的力量，
全将由你炼造成人。

女子有生活，
用理性洗净过错；
自由者的价值，
岂是为了满足对肉欲的贪餍。

花朵有尖刺，

不为赞赏而微笑等待；
绽放是为了收集——
那来自大地的丰腴。

（熊燃　译）

遐　想

叠腿俯卧在河水满盈的岸边，
侧耳倾听草尖上美妙的寓言。
曼舞的蚂蚁蜿蜒消失在眼底，
旋转的露珠同彩叶芊挥手作别。

蜻蜓立在石上，熠熠闪着彩虹簪；
蝴蝶展翅跃起，炫耀丝绸的羽衫。
千足虫收起羞赧，张开手臂挥舞；
松鼠抛出蒲桃果，尝试着挑战。

侧过身斜倚，靠上天空的膝头，
水封印住天的倒影，泛满内涵。
大自然绘出的面容，笑得依旧璀璨，
世界摇了摇身躯，熟悉地扭转。

望着广而又广、浩蓝的天出神，
虹眉悬着日眼，丝丝雾霭盘卷。
莞尔一角云间，太阳笑得多红艳！
风的手轻拂面庞，展露笑颜呈现。

终于我们目光相遇——与水中的倒影，
流淌的歌谣润泽心田，如幻如梦；
纯净剔透，抚过天空与"日眼"相拥，
安慰着魂灵，送它飘摇飞出天境。

我们眼中的世界在今天是清新，

乃因年少而无邪的心。

每一刻总有东西能带来幸福，

只是明天会怎样？……却不可预测。

（熊燃　译）

瓦善·西提克
（一九六六年至今）

　　出生于那空沙旺府（北榄坡），小学毕业后进入曼谷的工艺学校学习艺术，其间拜著名艺术家陈壮为师，并开始创作诗歌，同时也创作一些手绘插图和美术作品。后来，受到西方"朗读诗歌"潮流的影响，他又将兴趣转移到把诗歌改编成适合朗读和配乐演奏的歌词，创作了一些既能唱又能吟的诗作。

一日一日

一日　一日　醒着　梦着；
金钱　工作　日复　一日。
希望　是否　在远方？
人来　人去　如既往。
夜晚　沉迷　梦中；
白天　遗忘　无踪。
模糊了　梦想，
把意义　渴望。
消磨了　真相，
我们任时光度量。

迷痴　浑噩　等待　漂泊；
昏暗　疑惑　寂寥　冷漠。
一口　气息
一口　气息
呼出　吸进
呼吸着　呼吸。

路途　铺就　谁人　主宰？
我的　人生　人生　何在？
善良　可有？谁人　拥有？
孰善　孰恶？可有　决裁？
一日　一日
醒着　梦着
金钱　工作
日复　一日

一口　气息

一口　气息

呼出　吸进

呼吸着　呼吸……

（熊燃　译）

译后记

回想起十年前第一次开始翻译泰国诗歌的时候，我其实并不清楚诗歌是什么（现在可能也依旧不完全清楚）。单纯凭着对美妙文字的喜爱和想要做好一件事的热情，我开始了这条漫长的探索旅程。

像所有初入门的学徒一样，最初困扰我的问题是：用什么样的形式呈现一个在中文环境下十分陌生的诗歌体式？我花了很多功夫琢磨不同的译诗诗体，翻阅了大量国外诗歌的中译本和翻译家们关于译诗问题的讨论和研究，又在戴望舒、卞之琳、北岛等诗人兼译者的文字中希冀寻觅到一些哪怕是只言片语的讨论，也在迷茫之际游走于中外各个时代的诗歌之中，虽然最终还是没有找到确切答案，却让我领略到了中文的博大精深、语言的神奇和"字词间的无限"，当然还有一个意外的"副产品"，那便是中文语感和驾驭文字的能力在不知不觉中提高了。

在后来的学习和翻译实践中我渐渐发现：形式问题虽然重要，但只是构成诗的质素之一。形式，为诗歌赋予声音层面的美感，生成节奏与韵律、扣与谐。由于它是在语言自身发音规律基础上的组织与创造，虽然各个语言存在着一些普遍的诗律要素：头韵、尾韵、建行（固定每行字数和总行数），然而不同的语言因其语音属性的不同还是形成了各自独特的构筑诗歌音乐性的方式。例如有的语言发音系统有轻音和重音，于是在诗律中便依靠固定的轻重变化形成节奏，而在中文发音里已经没有轻音重音之分，节奏感便依靠音的起伏（平仄）和固定字数的节拍（尾韵）来形成。不仅如此，不同的语言在各自历史演进中形成了对于诗和诗美的不同观念和诗学系统。例如在泰语以及我国的一些西南少数民族语言中，音的"扣"是诗歌音乐性的最基本要素，好听的诗必须是如花环一般音与音相连缀的，于是在其民族诗歌和民谣中可以看到"脚腰韵"这一最基本的押韵形式。

当以比较的视野去探索诗歌的规律时，翻译中的一些问题突然明朗了起来。由于对民族语言和历史文化的高度附着性,诗歌必有其不可译的成分。泰汉诗歌翻译中,形式问题之所以如此造成困扰,正是因为泰国诗学传统是重音律轻意蕴的,使得译者很容易在一开始被带入到对形制的过度关注中,而忽略了汉语诗歌自身的历史传统。

纵观翻译史上优秀的诗歌译文,总是有所"失"并有所"偿"的。高超的译者会在新的语言传统中再造出恰当的形式以契合原有的"诗性",而后者才是诗歌的灵魂之所在。捕捉到诗的灵魂本非易事,更遑论在新的语言中再造出"诗性"。一首诗的精神和它的读者之间常常是一种若即若离的状态,当顺着词句所垒筑的意义之桥逐渐向它接近并在某个刹那终于触摸到它时,它又好像突然远去。有一位诗人说过类似的话:这好像被意义网罗住了却又在顷刻间逃走的东西,就是诗。不幸的是,译者的任务却是要用新的语词仿制一座最接近它的桥。对比同一首诗歌的各个译本会发现,不同译者对一些细节的理解和处理方式往往各有千秋,这是否也从另一角度说明:一首诗的精神是有其不确定性的?如果沿着斯坦纳的名句"翻译即理解"往下思考,每一次理解都是一次对诗的翻译,那么诗的本质中的不确定性,是否也注定了它的不可译性呢?有趣的是,不论理论上的争论如何,在实践的层面上,诗歌总是激起它的译者再创造的冲动,以明知不可为而为之的勇气去捕捉语词和精神契合的瞬间。

即便经过了十年,我也依旧不敢说自己现在对诗歌有多了解,更不敢说对于译诗有多少见解。唯一使我感到欣慰和感恩的是:翻译诗歌使我找到了最喜欢的自处状态。只有对着一首诗反复推敲,一个词、一个词地为游离在理解层面的意义寻找出口,再不厌其烦地琢磨修改直到满意的时候,我才能够放下一切,宁静而又兴奋地专注上一整天,哪怕译出的只有短短几行,心里都充满了喜悦和成就感。

因此,我很感激"'一带一路'沿线国家经典诗歌文库"将泰国卷的任务交给我,使我得以再次与这样的状态相遇。在教学与科研工作之余,真正全身心投入这种状态的时间其实是少而珍贵的。

本书所收录的诗歌有相当一部分是裴晓睿先生过去曾发表或出版过的译作,如先生所译的《悲歌》《摇船曲》《只要动……》,以及本人所参与合译的《帕罗赋》和《伊瑙诗剧剧本》。此次征求了先生的同意后,将它们都收入到此部诗集中,另外又增加了一些新的篇目,以求尽可能呈现一幅泰国诗歌发展的全貌。

我想把最衷心的感谢，献给将我引上这一条道路的恩师——裴晓睿先生。十年前若不是受她的提携和指导、参与她主持的《〈帕罗赋〉翻译与研究》，我不会有机会进入到这个领域；十多年来，若不是她的言传身教和榜样作用，我不会懂得踏实治学是如此的可贵和不易。在本部诗歌的选篇、翻译和撰写的过程中，她不辞辛劳地多次帮我审阅和修改书稿，提出了很多宝贵的意见，使我受益匪浅。没有先生一直以来的不断鼓励、指导和支持，我不可能在如此短的时间里完成这部诗稿的选篇、增译和整理任务。

我要感谢所有在泰国诗歌的研究和翻译方面为后辈学人铺好道路的前辈专家们。他们中有国内的泰学专家裴晓睿教授、邱苏伦教授、栾文华先生，也有泰国及西方的泰学专家杰达纳·那卡瓦查拉教授、克里斯·贝克教授、帕索·蓬派奇教授、罗伯特·毕克纳教授、春拉达·冷拉里奇教授，等等。他们的开拓性工作，为这部诗稿的选篇和翻译过程中对原文含义的把握和理解，提供了重要的参考。

本书所收录的诗歌，在数目和选篇方面，可能还是没有完全涵盖到泰国各个时期诗歌中的经典，有漏选或不足之处，全为本人学力、精力和能力有不逮。书中新译的诗篇基本都是利用教学科研之余断断续续地做下来的。整个项目从开始到结束不过一年多时间，如果把所有投注到诗稿的时间加起来可能都不超过半年。时间、精力和能力的有限，是这本书最大的遗憾，也是对读者的愧疚。希望各位方家多予指正，感激不尽！也真诚希望将来能有更多同行加入到泰国诗歌的译介中来！

翻译是一个开始。

愿我们从翻译出发，在诗歌的王国中相遇！

熊　燃

二〇一七年十二月三十日于未名湖畔

总　跋

　　经过两年多时间的筹备与组织，"'一带一路'沿线国家经典诗歌文库"终于将陆续付梓出版，此刻的心情复杂而忐忑，既有对即将拨云见日的满满期待，更有即将面见读者的惴惴不安。

　　该项目于二〇一五年下半年开始酝酿，其中亦有不少波折和犹疑。接触这个项目的所有人都无一例外地认为，这是应该做而且只有北大才能做的事情，也无一例外地深知它的难度。

　　"一带一路"跨度大、范围广，多语言、多民族、多宗教、多文明交融，具有鲜明的文化多样性特征。整个沿线共有六十余个国家，计有七十八种官方或通用语言，合并相同语言后仍有五十三种语言，分属九大语系。古丝绸之路尽管开始于政治军事，繁荣于商旅交通，但其更重要的意义在于促进了人类文明的交往。它连接了中国、印度、波斯和罗马等文明古国，跨越埃及文明、巴比伦文明、印度文明、中华文明的发祥地，是东西方文明交流互鉴的重要通道。

　　如何更好地展现"一带一路"沿线人民的文化特质和精神财富，诗歌无疑是最好的窗口。诗歌是文学王冠上的明珠，精敛文学之魂魄，而经典诗歌则凝聚着各个国家民族的文化精神和文化理想，深刻反映沿线国家独有的价值观和对世界的认识。长期以来，中国学界和出版界一直比较重视欧美发达国家诗歌的译介与研究，对发展中国家尤其是一些弱小国家的诗歌研究存在着严重忽略的现象。我们希望通过对"一带一路"沿线国家经典诗歌的研究，深刻地了解一个国家，理解它的人民，与之建立互信，促进国内学界对"一带一路"沿线国家文学、文化和文明的了解，弥补我国诗歌文化中的短板，并为中国诗歌走向世界提供思路和借鉴，从而带动与"一带一路"沿线国家的深层次交流，为中国的对外交往和"一带一路"倡议的实施提供人文支撑。

北京大学外国语学院组织国内外相关领域的专家学者，于二〇一六年一月，正式启动"'一带一路'沿线国家经典诗歌文库"项目。该项目以北京大学人文学科的优良传统和北大外语学科的深厚积淀为基础，以研究和阐释"一带一路"沿线国家厚重的历史、文化内涵为己任，充分发挥本学科在文学、文化研究领域的传统优势和引领作用，积极配合和支持国家的"一带一路"倡议，为中外优秀文化的研究、互鉴和传播做出本学科应有的贡献。

北京大学外国语学院牵头组织的"'一带一路'沿线国家经典诗歌文库"项目，旨在翻译、收集、整理和编辑"一带一路"沿线六十余个国家的诗歌经典作品，所选诗歌范围既包括经典的作家作品，也包括由作家整理的、具有广泛影响力的史诗、民间诗歌等；既包括用对象国官方语言创作的诗歌，也包括用各种民族语言创作、广泛传播的诗歌作品。每部诗集包括诗歌发展概况、诗歌译作、作者简介等三个部分。

在此基础上，形成由五十本编译诗集构成的"'一带一路'沿线国家经典诗歌文库"第一批成果，这将弥补中国外国文学界在外国诗歌翻译与研究方面的不足，特别是对部分"一带一路"沿线国家的经典诗歌开展填补空白式的翻译与原创性研究工作具有重大意义，同时对沿线诸多历史较短的新建国家的文学史书写将具有十分重要的价值。

该项目自启动以来，先后成立了编委会和秘书组，确定项目实施方案、编译专家遴选以及编选的诗歌经典目录，并被确定为北京大学一百二十周年校庆的重要出版项目之一，得到学校、校友及社会各界的大力支持，建立起以北京大学外国语学院为核心，汇集国内外相关领域知名专家学者、翻译家的翻译、编辑团队，形成了一个具有高度共识和研究能力的学术共同体。

在这个共同体中的每个人都是幸福的，与诗为伴，以理想会友，没有功利，只有情怀。没有人问过我们为什么要做，每个人只关心怎样可以做得更好。无论是一无所有之时还是期待拿到国家出版基金支持之日，我们的翻译团队从没有过犹豫和迟疑，仿佛有没有经费支持只是我一个人需要关心的事情，而他们是信任我的。面对他们，我没有退路，唯有比他们更加勇往直前。好在我一直是被上苍眷顾和佑护的人，只要不为一己之利，就总能无往不胜。序言中，赵振江教授说了很多感谢的话，都代表我的心声，在此不再重复。我想说的是，感谢你们所有人，让我此生此世遇见你们。如果可以，我还想在此感谢我的挚爱亲人，从没有机会把"谢谢"说出口，却是你们成就了今天的我。

　　希望通过我们台前幕后每一个人的努力，把"'一带一路'沿线国家经典诗歌文库"项目打造成沿线国家共同参与的地域性的文化精品工程，使"文库"成为让古老文明在当代世界文化中重新焕发光彩、发挥积极作用的纽带和桥梁。

　　人也许渺小，但诗与精神永恒。

宁　琦

写于二〇一八年"文库"付梓前夜，北京

图书在版编目（CIP）数据

泰国诗选 / 赵振江主编；熊燃，裴晓睿编译 .—北京：作家出版社，2019.8（2019.9 重印）

（"一带一路"沿线国家经典诗歌文库 . 第一辑）

ISBN 978-7-5212-0471-1

Ⅰ.①泰…　Ⅱ.①赵…②熊…③裴…　Ⅲ.①诗集－泰国　Ⅳ.① I336.2

中国版本图书馆 CIP 数据核字（2019）第 067417 号

泰国诗选

主　　编：赵振江
副 主 编：蒋朗朗　宁　琦　张　陵
编 译 者：熊　燃　裴晓睿
选题策划：丹曾文化
责任编辑：懿　翎　徐　乐
装帧设计：曹全弘
出版发行：作家出版社有限公司
社　　址：北京农展馆南里 10 号　　　邮　　编：100125
电话传真：86-10-65067186（发行中心及邮购部）
　　　　　86-10-65004079（总编室）
E-mail:zuojia @ zuojia.net.cn
http://www.zuojiachubanshe.com
印　　刷：北京通州皇家印刷厂
成品尺寸：160×240
字　　数：353 千
印　　张：16.25
版　　次：2019 年 8 月第 1 版
印　　次：2019 年 9 月第 2 次印刷
ISBN 978-7-5212-0471-1
定　　价：57.00 元